子規の絵

藤木こずえ

青磁社

子規の絵＊目次

Ⅰ　子規の絵

II　子規をめぐる人々

Ⅲ　子規と漱石

Ⅳ　子規つれづれ

子規の絵

I　子規の絵

①『草花帖』との出合い

数年前、愛媛県松山市にある子規記念博物館を訪れた時、『草花帖』の絵をはじめて見た。私にとって、子規は、近代文学の改革者であり、随筆や短歌や俳句の有名なものをいくつか知っている程度だった。その子規が、絵も描いていたことを知り驚いた。画家のような絵ではないが、色が澄んでいて寂しい印象をうける絵に、なぜか強く心惹かれた。それが、子規の絵との出合いだった。子規の絵について知りたいと思った。

日本画家の石井南放は、「子規の絵について」の中で、子規の絵を、二つの流れをたどって考察している。

一つ目は、絵を描くことが好きだった少年の頃

二つ目は、画家中村不折から西洋画の写生論を学んだ青年の頃

一つ目の流れ。石井は、「子規の絵で現存するもののうち最も若い作は十二歳の時に描いた「画道独稽古」の模写である。それを見れば判る通り如何にも素朴で子供らしい。」

と書いている。子規は、小学生時代に絵を習っている友人がうらやましく、自分も習いたいと母八重に頼んだが許されなかった。それでも絵を描きたかったので、友人が持っていた葛飾北斎の『画道独稽古』を借りてひたすら模写をしたという。その絵は、筆の運びはしなやかで伸び伸びしていて、描くのを楽しんでいるのが伝わってくる。また、子規は、母方の祖父である大原観山から漢学を学び、観山の友の武智五友からは書を習っていた。その時、南画にも触れる機会があり、「南畫に非れば則ち畫に非ず」というほど好んでいたようである。少年時代の子規は、絵を描くのが楽しくて、南画が好きだった。

二つ目の流れ。石井は、子規に洋画のリアリズムに目を開かせたのが、当時の新鋭画家下村為山と中村不折であると述べている。特に、不折とは、子規が記者として勤める新聞「日本」の挿絵画家であったこともあり、絵についての議論を盛んにしたようである。その結果、南画を好み、西洋画については否定的であった子規が、「洋畫に非れば畫に非ず」というまでに変わっていったのである。さらに、「病牀譫語」の中で

（略）後不折、我がために日本畫の中に就きて巧拙を比較し、西洋畫の中に就きて巧拙を比較し、日本畫と西洋畫と個々別々に説く。我、僅に悟る所あり。退いて之を文學上我得る所の趣味と對照するに符節を合すが如し。而して後に洋畫を觀る、空氣充滿し物々生動す

と書いている。不折との議論によって洋画の写生についての理解が深まり、それは「文學上我得る所の趣味と對照するに符節を合すが如し」ものともなった。洋画の写生論が、子規が取り組んでいた俳句や短歌、文章の革新のための理論的土台となったわけである。青年時代の子規は、洋画が好きになり、その写生論を文学に生かした。

二つの流れの中で、南画に、次に西洋画に影響を受けた子規ではあるが、絵を描くことが好きだったことはずっと変わらなかったようである。前述の「病牀譫語」では、

文學者とならんか、畫工とならんか、我は畫工を擇ばん。文學は文字に縁あるがために時に無風流の議論を爲す。議論は一時を快にすといへども、退いて靜かに思へば畢竟兒戯のみ。絵畫は議論を爲す能はず。怒れば則ち畫き、喜べば則ち畫き、悲めば則ち畫き、平ならざれば則ち畫く。樂、默々の中に在り。唯我畫に描く、畫工たる能はざるを憾む。若し自ら樂まんとならば畫の拙なるを憂へず。口を糊する能はず

とあり、画家になりたかった気持ちが率直に書かれている。子規が、これほど絵を描くことが好きだったのに画家になることを諦めたのは、五歳で父常尚が他界し、子どもなりに経済的に苦しい生活を思ってのことだったのだろう。

その子規が絵を描くことに真剣に取り組むようになったのは、明治三十二年、病臥の生

活になってからである。特に最晩年の明治三十五年六月からは、『果物帖』、『草花帖』、『玩具帖』と次々に描き続け、『玩具帖』の途中の九月に子規は亡くなっている。前述の石井は「子規の代表作『草花帖』はその一点一点がなんとも鮮烈でみずみずしい。とても死の床に呻吟する者の作とは思えない生気と歓喜に溢れている。」と述べている。『草花帖』には、何かしら人を引き付けるものがあるようだ。病苦と闘いながら絵をひたすら描いた子規の思いは、描くことが好きだったというだけでは説明できないものがあるように思える。

『草花帖』との出合いをきっかけにして、子規の絵について、その世界についてもっと知りたいと思った。

② 草花を愛した子規

子規は、子どもの頃から、絵を描くことが好きだった。画家になることは、貧しい家庭環境を考えて諦めたものの、絵を描きたいという思いは、ずっと持ち続けていたのだろうと思う。

明治三十二年（一八九九）、子規は、はじめて水彩画を描いた。中村不折から絵具をもらったのがきっかけである。その絵具で秋海棠の絵を描き、画家の浅井忠と不折からほめられた。子規は、画家の二人からほめられて、格別に嬉しかったのではないだろうか。もっと絵を描きたいという気持ちを抱かせたことだろう。しかし、その後は病状の悪化により、なかなか描けなかったようである。明治三十五年頃にはさらに深刻な病状になったが、それにもかかわらず子規はひたすら絵を描くようになった。その年の六月より『果物帖』の絵を、八月より『草花帖』の絵を描き始めた。さらに九月からは『玩具帖』の絵を描き始めたが、九月十九日に、子規は他界し『玩具帖』は途中で終わっている。

「病牀六尺」の八月六日には、モルヒネを飲んでから写生をするのが何よりの楽しみであると書かれている。子規は、絵を描きたいために、モルヒネを飲んだのである。絵を描くことが、激しい病苦を乗り越えさせ、生きたいと思う強い心を子規に抱かせたのだろう。私は、画帖の中でも、『草花帖』に特に惹かれる。色使いも筆使いも繊細で、清楚な感じがするからである。『草花帖』には、十六種類の花が描かれているが、八月一日より二十日余りでそれらを一気に描き上げている。草花やその絵が、子規は特に好きだったようである。

「病牀六尺」には次のように書かれている。

（八月七日）草花の一枝を枕元に置いて、それを正直に寫生して居ると、造化の祕密が段々分つて來るやうな氣がする。

（八月九日）或繪具と或繪具とを合せて草花を畫く、それでもまだ思ふやうな色が出ないと又他の繪具をなすつてみる。同じ赤い色でも少しづゝの色の違ひで趣が違つて來る。いろ〳〵に工夫して少しくすんだ赤とか、少し黄色味を帶びた赤とかいふものを出すのが寫生の一つの樂みである。神様が草花を染める時も矢張こんなに工夫して樂んで居るのであらうか。

絵を描きながら、子規は草花と一体化していったように感じられる。自然の美に対する畏敬の念が生まれたのは確かだろう。草花の美しさに触れることで、病苦をつかの間でも忘れることができたのだと思う。「病牀六尺」八月二十三日には、「今一つで草花帖を完結する處であるから何か力のあるものを畫きたい、夫れには朝顔の花がよからうと思ふた」とある。『草花帖』の最後に朝顔を選んだ。一日花の朝顔に今日、この日を生きる力を得たいと思ったのではないだろうか。子規は、草花の命に触れることで、最期の時を確かに生きようとしていた。

さらに、八月三十一日には、次のように記している。

予が所望したる南岳の艸花畫巻は今は予の物となつて、枕元に置かれて居る。朝に夕に、日に幾度となくあけては、見るのが何よりの樂しみで、ために命の延びるやうな心地がする。(略) 是れが人物畫であつたならば、如何によく出來て居つても、予は所望もしなかつたらう、また朝夕あけて見る事も無いであらう。それが予の命の次に置いて居る草花の畫であつたために、一見して惚れてしまうたのである。

南岳の草花画巻を命の次に置いて居るというほど子規は草花の絵が好きだったのだ。命が延びるような心地がするという程、見ているだけでも幸せな気分になれたのだろう。

最後に、子規と同じように花を愛した画家の三岸節子の文章を紹介したい。

（略）ただ、美しい花を、あるがままにうつしとるのでは、花のもつ不思議さも、生命も、画面に出すことは困難でしょう。いかほど迫真の技術を駆使しえても、ほんものの、一茎の花に劣りましょう。（略）つまり私の描きたいと念願するところの花は、私じしんのみた、感じた、表現した、私の分身の花です。この花に永遠を封じ込めたいのです。

美しい姿をありのままに描こうとしたのではない。子規も、三岸節子のように自分の分身として、目の前の草花を描こうとしていたのではないだろうか。草花を見た自分自身の心と体の言葉を聞きながら描いていた。子規にとって、草花を描くことは草花の命を写すことであり、子規自身の命を写し感じとることでもあったのだと思う。

子規が、病苦と闘いながらも、最後の時をひたすら草花を愛し、その絵を描き続けたのはどうしてだろうか。子規の草花や絵との関わりについて、さらに詳しく知りたいと思った。

③　せんつばと草花

子規は、激しい病苦の中にあっても最期まで生きようとしていた。『草花帖』の絵のひたむきさを見ていると、あまりの苦しさに生きることさえ諦めそうになる心を支えたのは、絵を描くこと、特に草花の絵を描くことだったのではないかと思える。子規は、草花の美しさにいつ頃どのように出合ったのだろうか。その美しさを感じる感性はどのように育まれたのだろうか。

小説家の大江健三郎は「子規・文学と生涯を読む」の中で、せんつばによって、美しいものを理解する感情を発達させたのだろうと述べている。せんつばというのは、子規の句集「寒山落木」巻五、明治二十九年秋の部の「せんつばや野分のあとの花白し」の俳句の前に「松山にて庭の隅に二三尺の地を限りて木の苗を植ゑ人形など並べて小児の戯とす之をせんつばといふ」と書かれている。その庭での子どもの遊びであるせんつばが、子規の心に深く根を下ろしているというのである。

また、子規が、「病牀譫語」に

教育には智育、技育、徳育、美育、氣育、體育あり。（略）美育は美的感情を發達せしむるなり。（略）人にして美の心無ければ一生を不愉快に送るべし（略）間接には美の心は慈悲性を起し殘酷性を斥く

と書いているが、その美育をせんつぼが果たしたと考え、大江は、古白（藤野潔のこと）とのエピソードを紹介している。古白は子規より四歳下の従弟で、二十四歳の時自殺している。子規がその古白について書いた「藤野潔の傳」というのがある。その中で、古白が七歳の時、子規の家のせんつぼの梅の苗を引き抜いたことに怒り、子規は我慢できずに彼を叩いたことがあった。その事について「母は余を叱りたまひぬ。これより余は再び古白に近づくことを好まざりき。古白が破壊的な性質は到底余と相容れざるを知りたるなり。」と当時の気持ちを書いている。子規は、気弱でけんかなどできるタイプではなかったが、古白を叩いたのは、自分の大切な梅を傷つけたことがどうしても許せなかったからだろう。草花の美しさがわからない古白について受け入れることは出来ないと思ったのだろう。その頃の子規にとって、せんつぼがいかに大切なものであったかがわかる出来事である。その後の古白との関係は大変興味深いが、ここではせんつぼに関わる部分のみの紹介としたい。子規はせんつぼによって、草花の美しさにふれ、美育——美しいものに対する感性を育んでいったようである。

国文学者である坪内稔典は、大江の美育という考え方を認めつつ、せんつばの箱庭としての枠についても言及している。

（略）河合隼雄らがすすめている箱庭療法と呼ぶ心理療法がある。箱庭を作っている間に自己治癒の働きが生じるらしいが、箱庭という具体物として自分の世界を創るとき、その創る力が治癒力として作用するのであろう。（略）この療法では〈箱庭の枠〉が大事であり、枠という守りの中で内面の表現が可能になるのだという。せんつばには美育という側面とともに、この箱庭療法に通じる一面もあったのではないか。そして、俳句、短歌という枠（形式）を持つ小さな詩にも箱庭療法に通じる要素がある。

せんつばの枠が箱庭療法に通じるというのである。箱庭療法とは、箱の中に砂を敷き詰めて、その上に自由に玩具を置いていくことで進められる心理療法の一つである。箱の枠が自由で且つ守られた空間となり、さらさらの砂の感覚によって内的世界が表現しやすいと言われている。枠を持つせんつばが、子規にとって自己治癒・表現の場として存在していた。さらにその枠は、子規が革新を成し遂げた俳句や短歌の形式にも繋がるというのである。

坪内の言うように、せんつばが、気弱で内向的な少年だった子規の美意識を育み、自己表現の場となったこと、さらに定型の俳句や短歌の革新を生み出す礎になったことは確かなことだろうと思う。

　さらに、坪内は、

> 美育ということにとどまらず、自分の原風景としてせんつばがあったかもしれない、と私は見ている。原風景とは、考えたり感じたりする時の基本的な手掛かりである。（略）子規は「草花命」の文学者になるのだが、その原点がせんつばではないだろうか。

と述べている。

　子規は、せんつばに大きな影響を受けて、成長していった。しかし、「草花命」になるほど草花が好きになったのには、せんつば以外にも、影響を与えたものがあったのではないだろうか。さらに子規と草花の関係を見ていきたいと思う。

④ 草花は我が命

子規は草花が好きだった。その原点として、せんつばがあったと言われている。せんつばとは、子規の句集「寒山落木」の中で「松山にて庭の隅に二三尺の地を限りて木の苗を植ゑ人形など並べて小児の戯とす　之をせんつばといふ」と書かれている。このせんつばという子どもの遊びが、子規にとって、草花と出合い美しいものに対する感性を育くみ、子規の原風景として存在していたと言われている。しかし、子規は、草花を我が命と思うほどであったことから考えると、せんつばの存在だけでは説明が不十分ではないだろうかと思う。草花と子規との関係について考えたい。

国文学者の坪内稔典は、虚子の小説『柿二つ』（大正四年）に触れながら、虚子が子規の草花好きについてどのように考えていたかを紹介している。

『柿二つ』の虚子はまた、子規の草花好きについて、世間や人間を思うままに支配できないことがわかってから、いっそう草花で心を慰めるようになったと言い、（略）『柿二つ』における虚子は、〈無窮大〉の野心を抱く子規に圧迫を覚え、後継者になれという子規の要請を拒むことで、子規から脱して自立しようとした。そんな虚子には、子規の野心ばかりが目につき、草花に親しむ子規も〈天然界の王者〉になっているとも見えたのである。

子規は自らの病気を考えて早く虚子を後継者にしたいという焦りはあっただろうが、それが当時の虚子には子規の野心としか受け取れなかったようだ。確かに子規は、俳句・短歌などの文学革新への意欲・野心は抱き続けていた。しかし、病気で思うようにならない現実を逃れて草花に安らぎを求めたとは思うが、草花を支配しようと思っていたとは、どうしても思えない。『草花帖』に描かれている草花たちの姿からは、野心など感じられず、優しくて繊細で穏やかな眼差しが感じられるだけである。子規は、草花をどのように思っていたのだろうか。

「吾幼時の美感」にその手掛かりがある。

（略）如何にして吾は斯る貧しき家に生れけんと思ふに、常に他人の身の上の妬ましく感ぜられぬ。ひとり造化は富める者に私せず、我家をめぐる百歩ばかりの庭園は雑草雑木四時芳芬を吐いて不幸なる貧児を憂鬱より救はんとす。花は何々ぞ。

子規は、なぜ自分は貧しい家に生れたのだろうと嘆き、他人を妬ましく思っていた。その憂鬱な気持ちを、草花は救ってくれたというのである。草花は富める者だけにあるのではない。貧しい自分にも同じように美しく、よい香りを届けてくれる。草花が平等に存在していることが何より嬉しかったのだろう。子規は、貧児の憂鬱と自らの心の状態を書いているが、貧しいことだけではなく、自分と周りの世界との間に違和感を感じていたのではないかと思う。子どもの頃、人とうまく関われない生きづらさを持っていたことが、母八重の言葉から想像できるからである。子規の弟子河東碧梧桐の「母堂の談話」の中に

小さい時分にはよつぽどへぼで〳〵弱味噌でございました。（略）組の者などにいぢめられても逃げて戻りますので、妹の方があなた石を投げたりして兄の敵打をするやうで、（略）物言ひを覚えるのが、えつぽど遅うて、三つの時にも「ハル」といふ下女を呼ぶのに「アブ〳〵」といふて呼んで居りました。物言ひばかりか、手もえつぽど鈍で、紙鳶もえゝあげず、獨樂もえゝまはしませんでございました。

とある。内気で、言葉の発達も遅く不器用だったと母八重は言う。子規は、周りの様子や言葉から自分のことを否定的に捉え、孤独な思いでいたのではないだろうか。

子規は、自分の家の貧しさだけでなく、人より能力が劣ると感じ、劣等感を抱いていた。

その少年子規の辛い気持ちを草花は受け止めてくれた。草花は子規を否定せず、自分のままで受け入れてくれた。草花は、生きている実感と安心を与えてくれる存在だったのではないだろうか。

前述の「吾幼時の美感」には、さらに「花は我が世界にして草花は我が命なり。幼き時より今に至る迄野邊の草花に伴ひたる一種の快感は時として吾を神ならしめんとする事あり」と書いている。晩年、耐えがたい病苦にあった子規は、草花を見ると、幼時に草花と出合った時の快感、神のような全能感などが蘇ってきたのではないだろうか。病臥の子規の傍らにあった草花たちは、子規の心を救い、病苦を乗り越えていく強い支えとなったのだと思う。草花を見つめ、語らい、ひたすら描くことで最後の一日一日を諦めずに生きていた。

子規にとって、まさに草花は我が命であった。

⑤『草花帖』は生の証

子規が最晩年に描いた『草花帖』の絵に魅せられたのが、子規に興味を抱くきっかけだった。なぜ、こんなに魅せられるのだろうかという問いを今も抱き続けている。子どもの頃から草花が好きだった子規ではあるが、泣き叫ぶしか術のない病苦の中で『草花帖』を描き続けたことにその答えがあるのではないだろうかと思っている。

子規は「吾幼時の美感」（明治三十一年）に

ひとり造化は富める者に私せず、我家をめぐる百歩ばかりの庭園は雑草雑木四時芳芬を吐いて不幸なる貧兒を憂鬱より救はんとす。

と書いている。貧しい生活に対する憂鬱から、子規の心を救ってくれたのが庭の草花だった。幼い子規が、自分の暮らしが周りの友達と比べて貧しいのだと気づいた時、その暮らしだけでなく自分自身のことも恥ずかしいものとして感じたのではないかと思う。そして自分だけが不幸であるという思いに苛まれていたのではないだろうか。筆者の私も、自分の家の貧しさと能力の劣る自分に気づいた時から、それを隠すように心を小さくして生きていた。その劣等感は、自分は自分と思うようになるまで長く私の心を苦しめ続けた。子規には、それを忘れさせてくれる庭の草花たちがいた。草花の美しさは見る者の貧富の差に関わりなく平等に存在し、ありのままの自分を受け入れてくれた。明治三十一年に、この随筆を書いていることから、幼時の記憶として草花との出合いが如何に子規にとって大きなものであったかがわかる。

そして、幼時に草花に救われた子規が、再びその草花に出合う。「小園の記」（明治三十一年）には

我に二十坪の小園あり。園は家の南にありて上野の杉を垣の外に控へたり。（略）ありふれたる此花、狹くるしき此庭が斯く迄人を感ぜしめんとは曾て思ひよらざりき。況して此より後病いよ〳〵つのりて足立たず門を出づる能はざるに至りし今小園は余が天地にして草花は余が唯一の詩料となりぬ。

とある。子規が、病臥の生活を強いられるようになってからのことである。かつて、幼時の子規の心を救ってくれた草花が、今また病臥の子規を救ってくれたのである。子規庵の庭の草花たちは、子規の天地つまりすべてとして存在したのだ。そして、その草花を子規

は全身全霊で描こうとしていた。

詩人の大岡信が国会図書館に保管されている『草花帖』を見た時の印象を述べている。


写真版で見るとよくわからないけど、（略）それである絵の場合なんか、絵具をなすったところの紙がささくれてるんですよ。何度も何度も塗っては、失敗したといって、また水でちょっと溶かして塗り直して、こすってこすってやるものだから、そのうちに画用紙がささくれちゃうんですね。


子規は、仰臥の姿勢で画板を吊り下げ動かしてもらい、絵具も筆につけてもらいつつ描いていたという。自分の見えた色が出せるまで画用紙がささくれても何度も何度もぬりなおしていたようだ。その様子を想像しただけでも胸が詰まる。

なぜ、そこまでして描こうとしたのか、描くことをやめようとはしなかったのだろうか。

画家の中川一政は、「写生道一」の中で

私のとった道は写生道である。生を写すことである。生きたものを自分の画面に移すことである。山なら山、川なら川。生きものを殺さないで、生かしてもって来なければならないと書いている。子規にとって草花を写生することは、中川一政と同じようにその生を写すことだったのではないだろうか。草花を描くことは、その生を写すことであり、草花が生きていることが、子規が今日を生きていることでもあった。だからこそ、苦しくても何度も何度も塗りなおし納得できるまで描き続けたのだろう。命尽きてもおかしくないほどの病状にありながら、生き続けようとした子規の強い意志は、草花をひたすら描くことでしか保たれなかったともいえるのではないかと思う。

「病牀六尺」（八月六日）には

兎角こんなことして草花帖が段々に畫き塞がれて行くのがうれしい

と書いている。

子規は、草花に心も体も支えられながら、一日一日を生きていた。『草花帖』は人間子規の最後まで生きようとした生の証であり、生の賛歌であったのだろう。最後の時を草花の命と共に生き続け、生きることを諦めなかった子規の『草花帖』だから、私は、心惹かれるのだろうと思った。

⑥　色へのこだわり

子規は、小さい頃から絵を描くことが好きで、文学者より画家になりたかったというのは、子規自身の書いているところである。その絵についても、形より色に関心があったようである。

子規の随筆「赤」（明治三十二年）には

（略）其美しい現象の最要素は色である、色は百種も千種もあるけれど、概して天然界の色はつやゝかにうつくしく、人間界の色はくすんで曇つて居る、空の青、葉の緑、花の紅白紫黄の明るく愉快なるに反して、人間の製造した衣服、住居、器具などは皆暗く寒い色であつて、何だか罪悪を包藏して居るやうに思はれる。併し天然の色でも其中で最も必要なのは赤である。赤色の無い天然の色は如何に美しくても活動することが無い。

とある。美しいと感じる要素として、色が一番であり、それも天然の色で赤色を特に美しいという。子規は、赤の持つエネルギッシュで活動的な美しさが好きだったのだろうか。

子規が、色、そのなかでも赤に出合ったのは、三歳の頃のわが家の火事の焔だと言われている。「吾幼時の美感」（明治三十一年）によれば

（略）思ひがけなくも猛烈なる火は我家を焼きつゝありと見るや母は足すくみて一歩も動かず。其時背に負はれたる吾は、風に吹き捲く燄の偉大なる美に浮かれて、バイ〳〵（提灯の事）バイ〳〵と躍り上りて喜びたり、と母は語りたまひき。（略）七八つの頃には人の詩稿に朱もて直しあるを見て朱の色のうつくしさに堪へず、吾も早く年とりてあゝいふ事をしたしと思ひし事もあり（略）

とある。火事の焔を見て喜んだというのは、子規自身の記憶というのではなく、母八重が後に語って聞かせたものである。八重には、わが家が燃えていることがよく理解できていないとしても、燃えさかる焔を見てはしゃいでいる子規の様子が印象深く残ったのだろう。燃えあがり、揺れ動く焔は確かに美しいと思うが、それが生家の燃え上がる焔というのがなんとも切ない。そして、火事の焔の強烈な赤から、七歳の頃には、詩稿に入れる朱墨の赤の美しさに及んでいることとから、色そのものへのこだわりがあることは明らかである。その敏感さには、形より色彩の力を表現しようとしたフランスの画家アンリ・マチスのような鋭い感性が感じられる。

そして、子規の色へのこだわりは、彩色画へとつながる。「畫」（明治三十三年）の中で「彩色の妙味を悟つたので、彩色繪を畫いて見たい、と戯れにいつたら、不折君が早速繪具を持つて來てくれたのは去年の夏であつたらう」と書いている。ただ、本格的に子規が彩色画を描きだしたのは、明治三十五年、亡くなる三か月ほど前からである。それが、『果物帖』『草花帖』、そして、『玩具帖』である。その中でも、子規が特に描きたかったのは、『草花帖』だったのではないかと思う。なぜなら、「吾幼時の美感」に

（略）花は我が世界にして草花は我が命なり。幼き時より今に至る迄野邊の草花に伴ひたる一種の快感は時として吾を神ならしめんとする事あり。

とあるからである。わが命というほど草花が好きだった。幼い頃からずっと、子規にとって草花を見ることは、心地よく、神のような全能感を感じさせてくれるものであったのだ。体の中から力が湧きあがってくるような気がしたのだろう。

その『草花帖』の絵を描いていた八月九日の「病牀六尺」には

いろ〱に工夫して少しくすんだ赤とか、少し黄色味を帯びた赤とかいふものを出すのが寫生の一つの樂みである。神様が草花を染める時も矢張こんなに工夫して樂んで居る

のであらうか

と書いている。草花の絵を描きながら、その色作りを楽しんでいたのがわかる。写生というと、見たものの形をまず写そうとするものであるが、子規は、草花の色の複雑な美しさに魅せられ、形より色作りの方が楽しかったようにも思われる。確かに、子規の絵は、色の違いによって形や質感を描き出すことに心血が注がれているように思う。筆線でていねいに物の輪郭をとらえる鉤勒法《こうろくほう》ではなく、輪郭線を引かずに彩色の広がりのある面によって形作る技法である没骨法《もっこつほう》を多く取り入れて描いている。写真版では、分からないが、国会図書館に所蔵されている原本の『草花帖』には、色を写そうとして幾度も塗りなおした跡が見られ、画用紙がささくれている状態であるらしい。それほど色作りにこだわりを持っていたということだろう。

草花の美しい色を表現しようとして、子規は最後の時をひたすら描いていた。

⑦ 浅井忠は先生

子規が提唱した写生は、西洋画から大きな影響を受けたのは良く知られている。子規が親交のあった画家の中で、特に影響を受けたのは、洋画家浅井忠と中村不折の二人ではないかと思う。まず、浅井忠との関係を見ていきたい。

子規が記者として働いていた新聞社「日本」の社長の陸羯南は、美術に造詣が深く、陸の家の近くに住む忠とも親しかったようである。子規は後に陸の隣りに引っ越してきているので、陸を通じて二人が出会ったのだろうと思う。ただ、絵について忠と話し合ったという記録は少ない。忠はその頃すでに画家として大成していて、制作や弟子の教育などで忙しいためだったと思われる。しかし、子規は忠のことを画家としても人としても魅力を感じていたようである。子規が先生と呼ぶのは非常に珍しいことだったらしいが、忠を先生と呼んでいたからである。十歳年上でもあるが、忠への信頼と尊敬の気持ちによるものだと考えられる。

明治三十二年の秋、子規は不折からもらった絵具で、秋海棠の彩色画をはじめて描いた。子規は「畫」にその時のことを書いている。

（略）秋になつて病氣もや丶薄らぐ、今日は心持が善いといふ日、ふと机の上に活けてある秋海棠を見て居ると、何となく繪心が浮んで來たので、急に繪の具を出させて判紙展《の》べて、いきなり秋海棠を寫生した。葉の色などには最も窮したが、始めて繪の具を使つたのが嬉しいので、其繪を默語先生や不折君に見せると非常にほめられた。此大きな葉の色が面白い、なんていふので、窮した處迄ほめられるやうな譯で僕は嬉しくてたまらん。（略）

默語先生というのが、忠の事である。尊敬する忠から、はじめて描いた彩色画をほめてもらった子規は、どんなにか嬉しかったことだろう。忠や不折にとって、病気の子規を励ます気持ちもあったのかもしれないが、病臥の生活の楽しみとして生きる糧として絵を描く大きなきっかけになったのではないだろうか。

忠にとっても子規は、大切な友人であった。明治三十年（一八九七）に、忠が子規のために描いた戯画「群盲渡水の圖」について寒川鼠骨《そこつ》は、

（略）京都東本願寺の法主（句佛上人の先人）が重病に罹られ、種々醫治法を講じたが、重り行くばかりで恢復の兆が見えない。門葉の或人が、鳥羽僧正の戯畫一巻をもたらして病法主を見舞ひ、それを展けて見せた。法主は思はず吹出して笑った。爾来次第に回

復に向つたといふ記事が朝日新聞に載せられた。淺井默語畫伯は、それより思ひついて戯畫を作り、子規居士に賛を求められたのである。求めると言つても固より默語畫伯は賛がほしかつたのではない。唯〻子規居士を笑はせば目的を達するのであるから（略）

と書いている。東本願寺の法主の新聞記事を読んで、忠は子規のために戯画を描いた。法主のように笑って元気になってほしいと願ってのことだ。忠の子規への温かな気持ちが伝わってくる。賛を求めたのも、子規と一緒に楽しい時間を過ごしたいという思いがあったからではないかと思う。

その後、忠は、明治三十三年（一九〇〇）二月文部省から万国博視察と西洋画研究のためにフランスへ留学を命じられる。子規は、忠の送別会を一月十六日根岸の子規庵で開いた。その時の子規の句である。

先生のお留守さびしや上根岸

忠を慕っている子規の素直な気持ちがよく表れている。子規は、留学すれば二度と生きて会えないという覚悟を心に秘めて詠んだのだと思う。その素直な心情の句に忠は子規を愛しく切なく思ったことだろう。忠は明治三十五年（一九〇二）八月に帰国し、再会を果たしている。諦めていた再会はお互いに何にもかえがたい喜びであったことだろう。その時に、モルヒネを飲みながら描き続けていた『果物帖』と『草花帖』を見てもらっている。その『果物帖』の中の胡瓜の切断面を描いた絵を見て、忠は、それを画材にすることは専門画家には思いもよらないことであり、巴里の素人の絵の展覧会に出品してもいい作品だとその独創性を褒めたたえたという。病苦の中で、生きる楽しみとしてひたすら彩色画を描き続けていた子規ではあったが、尊敬する忠から、自分の絵を具体的に褒められたことは、描いてきて良かったなあと心から思えたに違いない。

　忠との再会後一か月足らずで子規は逝った。

⑧ 論客中村不折

子規は、画家中村不折との画談を通して文章の写生論を完成したと言われている。不折との関係についてみていきたい。不折は、一八六六年生まれで子規の一歳年長である。明治二十七年（一八九四）三月、子規が編集主任をつとめる新聞「小日本」の挿絵画家になったことから交際が始まる。明治三十四年（一九〇一）、不折はフランスに留学することが決まった。これをきっかけに、子規は不折について「墨汁一滴」に数日かけて詳しく書いている。明治三十四年六月二十五日には、その出会いが語られる。

初め余の新聞『小日本』に従事するや適當なる畫家を得る事に於いて最も困難を感ぜり。（略）始めて君を見し時の事を今より考ふれば殆ど夢の如き感ありて、後來余の意見も趣味も君の敎示によりて幾多の變遷を來し、君の生涯も亦此時以後、前日と異なる逕路を取りしを思へば此會合は無趣味なるが如くにして其實前後の大關鍵たりしなり。（略）此人は尋常の畫家にあらずとまでは即坐に判斷し（略）

大関鍵とは物事にとって大変重要な部分という意味であり、それほど互いの人生にとって大きな意味を持ったということだろう。子規は、出会った時に不折の画家としての才能を感じ、自らの意見も趣味も不折との議論を通して変わっていったことを率直に認めている。不折は、挿絵画家になるまで生活に困窮していたが、新聞社で働くようになって安定した。そして社屋の隣の下宿に住むようになり、そこで子規との画談が始まるのである。子規は社の帰りがけに下宿に寄り、画談をすることが楽しみだったという。不折も子規と話がよく合うので、日一日と互いに親しくなったと後に述べている。

「畫」には、二人の画談の様子が書かれている。

（略）其後不折君と共に「小日本」に居るやうになつて毎日位顔を合すので、顔を合すと例の畫論を始めて居た。（略）さうすると一日〳〵と何やら分つて行くやうな氣がして、十ケ月程の後には少したしかになつたかと思ふた。其時虚心平氣に考へて見ると、始めて日本畫の短所と西洋畫の長所とを知ることが出來た。

十か月ほどの間、二人の画談は休むことなく続いたようだ。そして、その結果、「病牀譫語」には我嘗て日本畫を愛し、洋畫を排す。牛伴、我がために日本畫の不完全と洋畫の完全とを比較して說く。我悟らず。後不折（略）說く。我、僅に悟る所あり。退いて之を文學上我得る所の趣味と對照するに符節を合すが如し。

と書く。牛伴（下村為山）との時には日本画と西洋画について悟れなかったことがあった。それが、不折との画談によって、悟ることができたというのである。さらに画論で得た写生論が文学上にも通じることを符節を合すほど、つまりぴったりと合うと思えるほどに感じられたというのである。写生について論じていく上での理論的根拠を見出したということだろうと思う。それは、十か月もの間、画論を戦わすことによって得られたものであり、その二人の情熱とエネルギーには驚かされる。子規は「墨汁一滴」に不折との議論が続いた理由を、次のように書いている。

（略）君の如く注意の綿密にして且つ範圍の廣きは蓋し希なり。畫く者は論ぜず、論ずる者は畫かず。君の如く畫家にして且つ論客なるは世に少し。（略）

不折が画家でありながら、論理的に意見を言う論客であったからだというのである。議論好きの子規にとって、論客不折との時間は、かけがえのない楽しいものであり、自らの考えを深めていく貴重な時間となったようである。

また、子規の絵、とりわけ彩色画についても、不折は関わりがある。明治三十二年（一八九九）の秋、不折からもらった絵具を使って秋海棠の絵を描いたのが子規の彩色画の始まりになるからである。前述の「畫」には、始めて描いた秋海棠を浅井忠や不折にほめてもらったことが書かれている。さらに、「（略）そこでつく〲と考へて見るに、僕の様な全く畫を知らん者が始めて秋海棠を畫いてそれが秋海棠と見えるのは寫生のお蔭である。」と書き、写生の良さについても実感している。

不折は、子規の文学革新のための理論的土台となる写生論にとって大きな影響を与え、さらに病苦のなか最後まで描き続けた子規の絵についてもそのきっかけを作った人物でもあったのである。

東京根岸の子規庵のすぐ前に台東区立書道博物館がある。これは、書家でもある不折が昭和十一年に自身の絵画や書作品の潤筆料によって建設したものである。その本館とは別に中村不折記念館も併設されている。

不折は、昭和十八年（一九四三）、七十八歳で亡くなった。

⑨　絵を読む力

子規は、中村不折との画論を通して、西洋画の美術理論を知り、文学の写生文に応用したと言われている。不折との付き合いは、明治二十七年に子規が編集責任者となった新聞「小日本」の挿絵画家になったことから始まった。日本文学の研究者で俳人でもある松井貴子は、「子規と写生画と中村不折」と題する論文の中で、その交流の様子を書いている。

子規と不折は年が近く、最初から気が合った。彼らは、互いの得意分野を教え合い、議論を戦わせ、画俳交流を重ねた。（略）写生すれば「東京俗地」にもまだ画境を発見できるという不折の考えは、子規にものを見る目を磨くことの大切さを実感させ、視覚の変容をもたらした。子規と不折と、同じ風景を同時に眺めながら、芸術家としてのものの見方、五感によって外界を捉える方法を学び、文学作品に活かした。

さらに子規が美術から文学へ取り込んだ写生論を次の五点にまとめている。

① 写生する材料は身近なところでも無限に発見することができる。
② 作品中に描くものを取捨選択し、不要なものを削除する。
③ 取捨選択した材料を構成（結構布置）し、作品に仕上げる。
④ 作品の中心となるものに焦点を合わせ、作者の主意を表現する。
⑤ 形や色、明暗（光線の具合）、遠近（位置関係）を正確に表現する。

松井の言うように、子規が芸術家としてのものの見方——特に前述の写生論を文章に生かしていることを、私は子規の文章から感じたことがある。

それは、「病牀六尺」（明治三十五年・五月二十二日から二十四日）の南岳文鳳《なんがくぶんぽう》手《た》競《くらべ》画《が》譜《ふ》に関する文章である。

この画譜は、東海道の道中画であり、南岳と文鳳が左右に分けて描いており、十八番まである。子規は、文鳳の絵を評価していて、どんな絵なのか、どんなところがいいのかを紹介している。その文章にもとづいて絵を描いてみた。

第一番の絵の文章を紹介する。


　三艘の舟が、前景を往來して居つて、遥かの水平線に帆掛舟が一つある。其外には山も陸も島も何もない。この趣向が已に面白い、殊に三艘の舟の中で、前にある一番大きな舟を苦舟にして二十人許も人の押合ふて乗つて居る乗合船を少し沖の方へかいたのが凡趣向ではない。普通の繪かきならば、必ずこの乗合船の方を近く大きく正面にしてかいたであらう。

私は、たまたまその絵を見つけ、自分の描いたものと比べることができた。絵の上手下手はさておき、全体的には正しく描けていた。見たこともない文鳳の絵を子規の文章だけで描くことができたのは、子規の絵を読む力が優れていたからだと思った。

美術史学者の池上英洋は、『西洋美術史入門』の中で絵を読むためのスキルとしてスケッチスキルとディスクリプションスキルを紹介している。スケッチスキルとは、いわゆるスケッチ（略画）のことである。ディスクリプションスキルというのは、視覚情報を言語情報に変換することであり、ある絵画を見ながら、言葉だけでわかるように説明することである。

子規の文章は、不折との画論を通して得た写生に関する視点が先ほどの一番の画譜の文章の中にも生かされている。構成（結構布置）が明確で、舟の形、大きさ・位置・遠近などが具体的に書かれている。

前述の松井が「子規にものを見る目を磨くことの大切さを実感させ、視覚の変容をもたらした」と述べているように、視覚情報の取り入れ方について西洋画を学ぶ中で子規は獲得したのだと思う。ものの見方が磨かれ、見たものを読み取り、的確に豊かに言葉で表現できるようになったことで、文章がよりわかりやすく表現できることに繋がったのではないかと思う。それによって私は見たことがなかった文鳳の絵を子規の文章から描くことができたのだろう。子規の文章を読んでいて、五感に直接響いてくるような感じがするのは、絵を読む力によるものではないだろうか。

　子規の写生論の確立には、不折と西洋画とその理論に出合ったことが大きく関わっていると思った。

八月二日　日々草　ニチニチサウ

⑩ 漱石の「子規の畫」

漱石に「子規の畫」という小文がある。短文であるけれど、子規の絵を通して子規自身についても語られている興味深い文章である。

この随筆は、明治三十三年（一九〇〇）六月、漱石が熊本の第五高等学校に勤務していた時、子規の手紙に添えられていた東菊の絵について書かれたものである。しかし、漱石が、この小文を書いたのは、子規が亡くなった明治三十五年から九年後の明治四十四年（一九一一）である。子規と漱石の関係を追いながら、漱石が、どのような思いで書いたのかを見ていきたいと思う。

子規と漱石が出会ったのは、明治二十二年（一八八九）ごろ、二人が一高の本科一部（文科）の学生の時である。寄席が好きで話が合ったことから親しくなり、生涯の友として深い友情で結ばれていった。

漱石は、明治二十八年（一八九五）から一年間愛媛県の松山中学で教員をしていた。その頃、子規は、記者として日清戦争に従軍していたが、帰りの船上で喀血し神戸で入院・療養をしていた。その後、転地療養もかねて、松山の漱石の下宿先である愚陀仏庵で共に過ごしている。五十日ほどの共同生活の後、子規は東京に戻り、ホトトギスの創刊や「歌よみに与ふる書」の発表、写生文の提唱など意欲的に文学の革新のための活動を行うようになった。しかし、子規の病状は悪化し、病臥の生活を余儀なくされることになった。
漱石は、熊本で教鞭をとっていたが、明治三十三年（一九〇〇）九月、文部省の命で英語研究のためイギリスへ留学した。翌年の明治三十四年十一月六日に、子規は漱石へ最後となる手紙を書いている。

僕ハモーダメニナッテシマッタ。毎日訳モナク号泣シテ居ルヨウナ次第ダ、（略）僕ハトテモ君ニ再会スルコトハ出来ヌト思ウ。万一出来タトシテモソノ時ハ話モ出来ナクナッテルデアロー。実ハ僕ハ生キテイルノガ苦シイノダ。（略）

この手紙をもらった漱石の悲しみはいかばかりだったろう。子規は「今一便ヨコシテクレヌカ」と書き、漱石の手紙を楽しみに待っていた。漱石がその気持ちに十分にこたえられるような返信が書けないまま、明治三十五年（一九〇二）九月十九日に子規は亡くなった。その翌年の一月に漱石は帰国する。その後、小説家となった漱石は、明治三十九年（一九〇六）、『吾輩は猫である』の中篇自序の中で子規の最後の手紙のことに触れ、追悼の文を書いている。数年の時を経て、子規の死を受け入れ、追悼文を書くことができたのだろうと思う。

「子規の畫」の小文は、それからさらに後の明治四十四年（一九一一）子規が亡くなってから十年近く経ってから書かれたものである。この頃、漱石は長く子規の形見だと思ってしまっておいた手紙や東菊の絵を散逸してはいけないと思い、手紙二つに東菊の絵を挟むような形でひとまとめにして表装した。それを見ながら、「子規の畫」を書いたのかもしれない。文は「余は子規の描いた畫をたつた一枚持つてゐる」で始まる。

（略）東菊によつて代表された子規の畫は、拙くて且眞面目である。（略）子規は人間として、又文學者として、最も「拙」の缺乏した男であつた。（略）彼の歿後殆ど十年にならうとする今日、彼のわざわざ余の爲に描いた一輪の東菊の中に、確に此一拙字を認めることの出來たのは、其結果が余をして失笑せしむると、感服せしむるとに論なく、余に取つては多大の興味がある。たゞ、畫が如何にも淋しい。出來得るならば、子規に此拙な所をもう少し雄大に發揮させて、淋しさの償としたかつた。

漱石は、子規の文学は巧いが、絵は拙く真面目であると言う。漱石にとって、その絵の拙そのものが巧以上に愛おしいものであったに違いない。二人は手紙を通して様々なことを議論していた。その中で、子規は、文学においては大胆に豪快に自論を展開している。

議論においては、納得できれば率直に認め、自論を押し通したり、ごまかしたりすることはなかった。その豪快さも率直さも漱石は好きだったのだと思う。しかし、東菊の絵は、真面目で「僅か三莖の花に、少くとも五六時間の手間を掛けて、何處から何處迄丹念に塗り上げてゐる」と書いている。漱石が知っている子規の豪快さは感じられなかったのだろう。真面目さと一生懸命さだけが際立っている絵を前にして、文学を語るように思うままに自由に描いた子規の絵を見たかったと思ったのではないだろうか。しかし、その時間も許されず、子規は逝ってしまった。それが、漱石には淋しかったのだ。

「子規の畫」は、拙く淋しく感じられる東菊の絵を見ながら、その交流の日々を思い、もっと生きていてほしかった、もっと語り合いたかった友への暖かな惜別の文章であると思う。

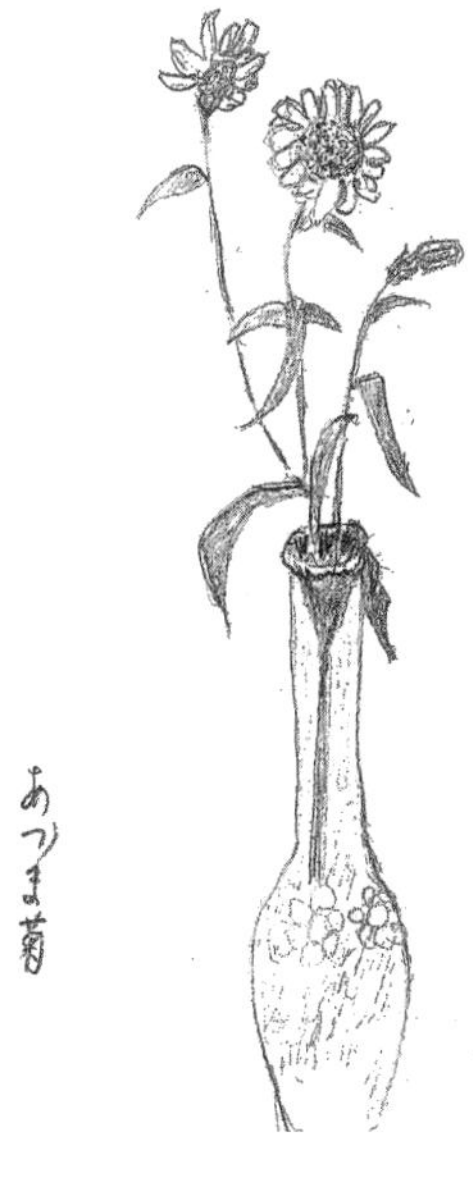

⑪ 「子規の畫」をめぐって

漱石が「子規の畫」の随筆を書いたのは、明治四十四年（一九一一）子規が亡くなってから十年近く経ってからのことである。この随筆に書かれている東菊の絵は、明治三十三年（一九〇〇）漱石が熊本で教員をしていた時に、子規より届いたものである。初めて読んだ時、漱石の淋しさが伝わってくる素晴らしい文章だと思った。しかし、国文学者の復本一郎が、漱石の「子規の畫」には矛盾があると指摘している文章を読み驚き、自分なりに考えてみたいと思った。

復本は、漱石の「子規の畫」の中にある「子規は人間として、又文學者として、最も「拙」の缺乏した男であつた。」という文に注目している。「拙」というのはつたない、下手であることを意味してるが、子規が佐藤紅緑にあてた手紙の「小生ハどこ迄も正直にやるつもりにて、馬鹿といはるゝ覚悟に御座候」という文などから、その生き方は「愚」であり、それは言い換えれば「拙」の生き方の肯定宣言でもあるとしている。故に子規が最も「拙」の欠乏した男であったという漱石の表現は妥当ではないというのである。さらに、漱石は「守拙」を子規は「守愚」をモットーにしていたとして、

木瓜咲くや漱石拙を守るべく　　　　　漱石
大三十日愚なり元日猶愚なり　　　　　子規

の句を挙げている。守拙と守愚は同じような意味を持ち、二人の生き方を示しているものだと述べている。だから「守愚」に生きた子規に「拙」が欠乏しているというのは矛盾であるというのである。最後には「漱石のこの炯眼をもってしても、子規の「愚」の生き方を見抜くことはできなかったのであろうか。あるいは、病子規は、親友漱石に対して、「愚」の生き方を故意に秘匿していたのであろうか。」とまとめている。

本当に子規の愚を漱石は見抜けなかったのだろうか。それとも、子規が隠していたのだろうか。私は、子規、漱石ともに守拙・守愚の生き方を大切にしていたと思っている。世の中や誰かに媚びたりするのではなく、不器用で拙い愚かな生き方であったとしても、自分を貫き生きるという決意を右の俳句からも感じることができる。ただ、私は、「子規の畫」には、「(略)畫と云ふ事に初心な彼は當時繪画に於ける寫生の必要を不折などから聞いて、それを一草一花の上にも實行しやうと企てながら、彼が俳句の上で既に悟入した同一方法を、此方面に向つて適用することを忘れたか、又は、適用する腕がなかつたのであらう。」の中の「拙」というのは「守拙」という意味では使われていないと思うのである。「子規の畫」と書かれている。絵を描くことについては初心者の子規は写生論を実践し、それを表現にかえることができなかったというのである。

さらに

（略）才を呵して直ちに章をなす彼の文筆が、繪の具皿に浸ると同時に、忽ち堅くなつて、穂先に運行がねつとり竦んで仕舞つたのかと思ふと、余は微笑を禁じ得ないのである。（略）何だか正岡の頭と手が、入らざる働きを餘義なくされた観がある所に、隠し切れない拙が溢れてゐると思ふ。

と書いている。文章を書くときは、筆を自由自在に使える子規が、絵具を扱う時は筆をうまく使えていないことに、漱石は拙を見るのである。しかし、ここでいう拙というのは、「守拙」という生き方に関わるものではなく、描画の技術がないという意味ではないかと思う。子規自身も、あずま菊の絵の傍らに「（略）畫ガマヅイノハ病人ダカラト思ヒタマヘ嘘ダト思ハヾ肱ツイテカイテ見玉ヘ」と注釈を書いている。子規も出来栄えに納得がいかなかったのだろうと思われる。

私は、十年余り墨彩画を習っている。はじめた頃は手本を見て描いてもなかなか描けなかった。絵を見ることは好きだったが、実際に描くこととは大きく違っていた。しかし、しだいに筆の使い方や色の濃淡などにも慣れてきて少しは描けるようになった。自分なりに描きたいという思いも持てるようになった。それには、ある程度の技術を習得するための時間が必要だった。子規は、文章では考えたことを筆で滑らかに書き進めることができたが、絵については、まだ描くことに精一杯の段階だったのではないだろうか。その意味で、漱石は東菊の絵は、拙だと思ったのだろうと思う。

東菊の絵を前にして、漱石は、描画の技術を身につけ、子規らしくもっと自由自在に描いた絵を見たかったと思ったが、その時間もなく子規は逝ってしまった。漱石には、それが淋しかった。子規が、もし描き続けることができていたなら、生き方として拙にあふれる絵を漱石に見せることができたのではないだろうか。

私には、「子規の畫」は「守愚」に生きた早逝の友に送る温かな文章であると思える。

⑫ 子規の自画像

子規は、明治三十三年（一九〇〇）頃、自画像を三枚、同じ構図で描いている。そのうちの二枚が松山の子規記念博物館に、後一枚は国立国会図書館にある。博物館で自画像を見たとき、静かで澄んだ強い眼差しに立ちすくんでしまった。晩年、子規は病床から見ることのできるものを丹念に水彩絵具や墨で描いた。『果物帖』や『草花帖』などがよく知られている。それらと自画像とは、同じ写生とはいえ違った意味を持つのではないかと思う。子規にとって自画像はどのような意味を持っていたのかを考えてみたい。

まず、自画像の歴史についてみていくことにする。世界的にみると、自画像が一つのジャンルとして成立するのは、ルネッサンス以降であり、四百年以上の歴史をもつと言われている。日本においては、明治以前には雪舟、良寛、北斎などの自画像はあるものの、一つのジャンルとして確立したものではなく明治時代に西洋画が取り入れられてからのことであるらしい。明治二十二年（一八八九）に東京美術学校が創立されたが、西洋画科が設けられたのは、それから七年後の明治二十九年（一八九六）であり、黒田清輝が担当の教授となった。その黒田は、卒業制作に自画像を課題にしたこともあったようだ。日本においては自画像が描かれるようになったのは、それ以降と考えられる。子規が自画像を描いたのは明治三十三年であり、病臥の子規が西洋画の自画像に直接的な影響を受けたとは考えにくいと思う。

子規が自画像を描くきっかけとなったのは、香取秀真との出会いではないだろうか。秀真は、明治二十四年（一八九一）、東京美術学校の鋳金科に学び、母校の教授を勤め、昭和二十九年（一九五四）に八十歳で亡くなるまで鋳金界で多くの業績を残した。彫刻家であり、且つ歌人でもあった。子規と秀真のかかわりは、明治三十一年（一八九八）のはじめ、秀真が同級生の岡麓らと歌合せをして、その判を子規に頼んだことに始まる。それをきっかけにして、根岸短歌会が発足し、秀真をはじめ左千夫、節などの歌人を輩出している。子規は、彼らとの交流を大変喜んだが、秀真に出会い、彫刻についても興味を持ったようである。子規は、秀真に彫刻について教えを乞い、疑問に思ったことなどを率直に尋ねている。この頃の秀真との書簡は数多く残されている。

子規の彫刻への興味は、秀真が持ってきた粘土で自身の像を作ることにつながった。明治三十三年四月、「竹乃里歌」には、「自作土像　ホツマヘ」と題した歌がある。

我顔ヲ鏡ニ寫シ其顔ヲ土ニカタドリ土ノ坊主成ル

我顔ヲ鏡ニ寫シカタトリシ竹ノ里人手ツクネノ像

我顔ヲ見テカタトリシ土ガタハ我顔ニ似ズアラヌ顔ニ似ル

鏡に自分の顔を映して作ったが「我顔ニ似ズアラヌ顔ニ似ル」ものになったようではあるが、初めての粘土の制作を楽しんでいたことが、前掲の短歌からも感じられる。この粘土で自作の像を作ったことが、自画像を描くことにつながったのではないかと思う。自画像をいつ描いたのかは、自作の塑像のような短歌や書簡などが残っていないので定かではないが、国会図書館の作品の紹介では、明治三十三年とある。これは寒川鼠骨の話から推察されたようである。私は、明治三十三年ということから、粘土の像を作った後に自画像を描いたのではないかと思う。絵の好きな子規にとって、自作の塑像の次に自画像を描いてみたいと思ったとしても不思議なことではないからである。

自画像は、自分の顔を鏡で見ながら描いていく。自分がどのように見えているのかがはっきりとわかる。身近な果物や草花を描くことよりも直接的に自分を見つめることが求められ、ありのままの自分を知ることになるものだと思う。明治三十三年の初めに子規は「死後」という文章を書いている。死の感じ方に、主観的な感じと客観的な感じがあると述べている。主観的な感じというのは、死が恐ろしく不安で煩悶する。客観的な感じというのは、自己の意識が、その形体の死を見ている冷静な感じであるという。子規は、自画像を描くことを通して、死への恐れや不安などを直視し、今生きているありのままの自分の姿を見つめていたのではないだろうか。

明治三十三年に自作塑像を作製し、自画像を描いた子規は、改めて、残された自分の時間を感じたことだろう。あらためて今できる事を精一杯やろう、一日一日を大切に楽しく生きていこうと決意をしたのではないだろうか。

その後、子規の絵は、『果物帖』、『草花帖』、『玩具帖』へと繋がっていく。

子規の自画像の眼差しは、自分の命を静かに見つめている。

⑬ 神様と一緒に

私は、子規の絵の中でも最晩年の『草花帖』が好きだ。実物は、国会図書館に保存されていて見たことはないが、写真版を見ていても不思議にほっとする。子規は、『草花帖』をどのような思いで描いていたのだろうか。

私は、『草花帖』を見ていると、子規と同じように花を愛した画家三岸節子の言葉を思い出す。

（略）つまり私の描きたいと念願するところの花は、私じしんのみた、感じた、表現した、私の分身の花です。この花に永遠を封じ込めたいのです。

子規も、三岸節子のように分身として目の前の草花を見つつ、草花に自分の命を写しながら描くことで、生死の境を越えた世界に永遠に存在しようとしていたのではないだろうか。ただ、子規は、どちらかといえば現実的論理的に思考するタイプの人間であったので、生死の境を越えた永遠の世界を考えたとすれば、その変化はどのようにして生まれたのかと思う。

子規は絵を描くことが好きだったが、はじめて水彩画を描いたのは、明治三十二年（一八九九）、中村不折から絵具をもらったのがきっかけである。秋海棠の絵を描き、画家の浅井忠と不折にほめられ、絵をよく描くようになったといわれている。特に明治三十五年（一九〇二）、病状がさらに深刻になってきてからは、のめりこむような勢いで描いている。『果物帖』を描き始めたのは明治三十五年六月、その十八図を仕上げたのが八月六日、その後『草花帖』を描き始め、十七図を仕上げたのが八月二十日であり、短期間で描き上げている。次の『玩具帖』は、九月十九日に子規が亡くなっているので未完のままである。子規は、死のぎりぎりまで描き続けていたのである。私は『草花帖』の絵に、それ以前の子規の描いた絵と一括りに出来ないものをずっと感じてきた。写生の仕方・色の塗り方・色使いなどに大きな違いがあり、特に丁寧に心をこめて描いているように思える。その変化は子規の心に変化があったからではないだろうか。

哲学者の前田義郎は「病の文学を読む」の中で、病者の心を理解する方法として子規の文学を考察している。その中で、子規の絵についても触れている。『草花帖』などの絵は、それまでの絵とは違い、対象を明確に正確に描いていて、美しさとみずみずしさに満ちた世界が表現されているとし、さらに子規が病苦の中で「誰か自分をこの苦から助けてくれる者はいないのか」と助けを求めたとき、この自己を中心とする見方を離れたと理解すべきであろう。(略)彼がここで創造者という意味の言葉を何度か使っていることは偶然ではないと思われる。子規は絵を描くという行為を行いながら、創造者が事物を創造する行為もこんなものだろうかと考えたのである。(略)ここで子規はもはや自分を超えた存在を認めないという倨傲な態度は採っていないことが分かる。

と述べている。『草花帖』を描いていたころの子規の心が自分を超えた存在を認めるように変化しているという。私も神の存在が子規の心の変化を生みだしたと感じている。「誰かこの苦を助けて呉れるものはあるまいか」というのは、「病牀六尺」(六月二十日)にある。あまりに激しい苦痛のために、誰かに助けてほしいと心から思ったのだろう。そう叫ぶしかなかった子規の苦痛を思う時、私は姉のことを思い出す。癌に苦しんだ姉は、亡くなる一か月前まで日記を書いていた。亡くなってからその日記を見たが、その中に「たすけて」と書きなぐり、痛みを堪えるためにかボールペンで突き刺した跡がいくつも残っていた。妹の私に、痛い、苦しい、痛み止めをもっと欲しいと言うことはあったが、「たすけて」とは言わなかった。日記帳に残した姉の叫びは子規の叫びと同じではないかと思える。あまりの苦しみに誰か、自分を人間を超えた存在に助けてと叫ばずにはおられなかったのだろう。

これ以降の「病牀六尺」の中には、「造化の秘密」や「神様」という自分を超えた存在を表すような言葉が出て来る。そこには神を否定しない子規が見える。ただ、信仰の対象としてみていたというより、神の存在を感じていたということではないかと思う。

子規には死を前にして病苦を忘れるほどの楽しみが必要だった。それが同じ命を持つ草花の絵を描くことだった。その中で、「病牀六尺」（八月九日）に「神様が草花を染める時も矢張こんなに工夫して楽んで居るのであらうか」と書いているように、神を感じるようになったのではないだろうか。仲間と一緒に活動することが何より好きだった子規は、想像した神を仲間にして語らいながら絵を描いていたのではないだろうか。

子規が、神とともに楽しみながら描いた『草花帖』の絵は、私を温かく包んでくれる。ほっとさせてくれる。

II 子規をめぐる人々

① 父 常尚 ㈠

子規は、短歌や俳句の革新を行い、写生文を提唱した優れた文学者である。その業績の多くは、長い闘病生活の中でなされたものであり、その介護にあたったのが、母八重と妹律である。以前、子規庵を訪れた時、訪問者の感想ノートに「律さんって、すごい」と書かれているのを読んだことがある。彼女の介護の姿に、ご自身の介護の苦しさを重ねて書いておられたように記憶している。子規を献身的に支えた八重や律を思う時、子規の家族について知りたいと思った。まず、父常尚についてみていきたい。常尚は、松山藩の武士であった。四十歳になって隠居し、家督を五歳の子規に譲り、まもなく亡くなっている。「筆まかせ」の「父」（明治二十二年）には、

（略）明治五年卽ち余が六歳の時　四十歳を一期として空しくなり給ひしかば　余は少しもその性質擧動を知らず。只その大酒家なりしことは誰もいふ處にて　毎日〳〵一升位の酒を傾け給ひ、それが爲に身體の衰弱を來し　終に世を早うし給へり。（略）父は高慢にして强情に　しかも意地わるきかたなりしと（略）

とある。子規が二十三歳の時に書いたものである。母や周囲の人々に、後に聞かされた話も交えて書いたと考えられる。この頃、子規は父を好ましく思っていなかったのは明らかである。「父は高慢にして強情しかも意地わるきかたなりし」というのは、父に対して厳しい表現である。私の父も酒好きだった。末子の私を可愛がっていたと後に聞かされたが、飲めば暴れる父が、ただ恐ろしく嫌だった。貧しさも家庭内の不和もすべて父のせいで、自分は不幸だと思っていた。父が早く亡くなったので、その頃の感情のまま父のことを長く思ってきた。二十歳の頃と言えば、自分のことで精いっぱいの時期である。子規が、淡々とそして突き放すように父のことを書いている気持ちが痛いほど分かる。私の場合、父に対する気持ちが変化したのは、ずっと後、人生を振り返る年齢になってからのことである。

常尚が亡くなった時、八重は二十八歳、律は三歳だった。子規は、六歳という幼さではあるが、長男としての責任のあることを、折々に周囲の人たちから聞かされ、重く感じていたようである。国文学者である坪内稔典は、「いわゆる母子家庭となった正岡家は、長男の成長に家運をかける。そのために反面教師としての父のイメージが子規に与えられたのであろう」と述べている。反面教師としての父、つまり、父のようには生きてはいけないという思いである。子規が酒をあまり飲まなかったのもそのせいかもしれない。

しかし、子規が生前に書いた墓誌文には、父のことが記されている。

（略）伊豫松山ニ生レ東京根岸ニ住ス父隼太松山藩御馬廻加番タリ卒ス母大原氏ニ養ハル（略）

と書かれている。隼太は父の通称名である。なぜ、反面教師であった父のことを書いたのだろうか。単に父を書いたということではないだろう。後年、周囲の人から父が武士として松山藩を支えてきたことを聞き、酒好きだけではない父の姿を知ったからではないかと思う。また、病気で思うようにならない人生を生きざるを得ない子規にとって、生きることの大変さは身に沁みて感じていたことだろう。それらが、子規の父への考え方に変化をもたらしたのではないだろうか。宮崎かづゑに次のような文がある。

生きなければわからないことがありました。八十歳を越えてから、やっと今わかったという事が、たくさんありました。

宮崎は、十歳で、瀬戸内海の長島のハンセン病療養所に入園し、その後七十余年をそこで暮らしてきた。自分の来し方を、八十歳近くになって幸せだった、すべてがよかったと思えるようになったという。事実は変わらなくても自分の考え方が変わることで、受け止め方は変わる。子規は、苦しく長い闘病生活を、八重や律、多くの仲間に支えられ、幸せに生きることができた。短い人生ではあるが、この世に生まれたことに感謝し、墓誌文に父の名を残したのではないだろうか。

子規は、最期の時を父常尚の子として生きていたのだと思う。

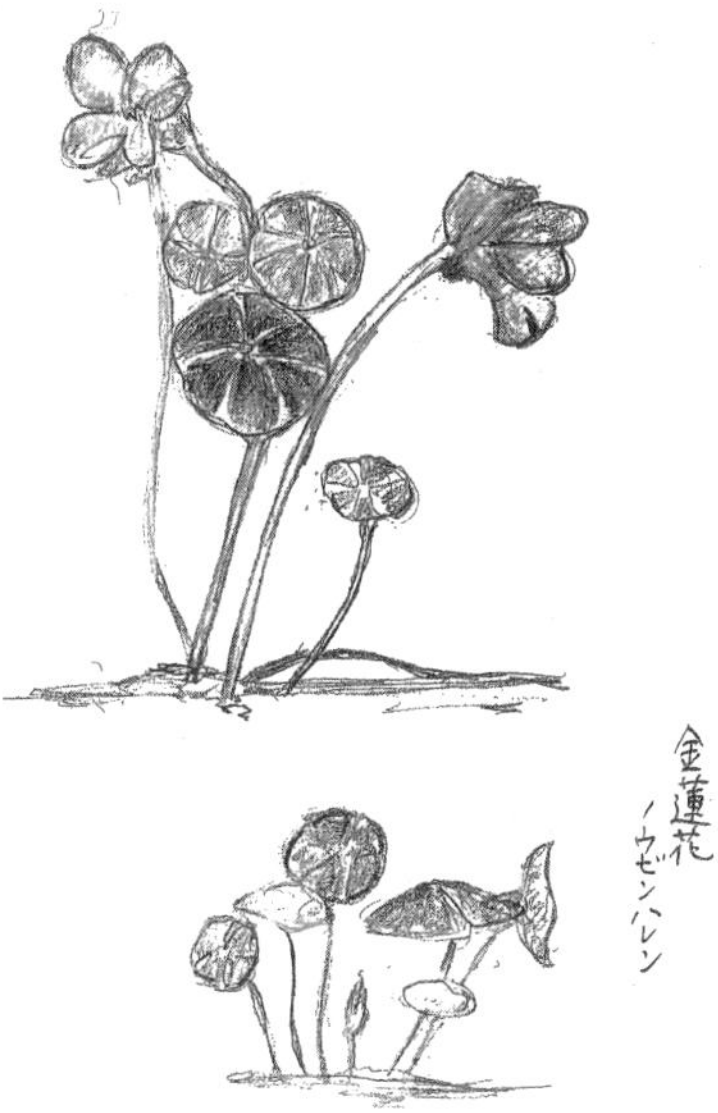

② 父 常尚 ㈡

父常尚㈠の中で、子規は若いころは大酒飲みであった常尚を嫌っていたが、最期には常尚の子として死を迎えたと書いた。長い闘病生活を経て、生まれたことへの感謝の気持ちが、子規の心を変化させたのではないかと考えた。その父への気持ちの変化について、もう少し詳しくみていきたい。

「筆まかせ」の「父」（明治二十二年）の中では、大酒を飲み、そのために早逝し、高慢で意地悪い人だったなど辛辣に書いている。その気持ちに変化がみられるのが、明治二十八年、従軍からの帰国の船上で大量の喀血をし、そのまま入院、療養の生活に入った頃である。従兄の佐伯政直に送ったとされる「正岡行」（まさおかのうた）という漢詩がある。

阿孃在堂年五十　鮮魚不薦帛不襲』妹年廿六嫁見去　裁衣煮菜家事助』
吾素多病與世乖　碌碌三十未迎妻』阿孃爲兒憫孤寒　兒爲阿孃悲無孫』
生不興家絶系譜　死何面目見父祖』一任世人呼吾爲狷狂　只期青史長記姓正岡

母や妹に苦労をかけ、病気で妻もなく母を悲しませている。先祖にも申し訳ない。ただ青史、つまり歴史に長く正岡の名を残す程の偉大な事業を成し遂げたいと書いている。子規は松山から上京し、帝国大学に入った。当時は帝国大学を出れば外交官や官吏の道などエリートになることは確実であったと言われていた。しかし、子規は病気のために周りに迷惑をかけるばかりだったので、正岡家のために自分のできることは、歴史、その中でも文学史に名を残すことしかないだろうと考えたのだ。父のことは書いていないが、正岡家という時に早逝の父への思いは当然あっただろうと思う。また、歴史に名を残すために文学を選んだ理由については「病牀譫語」に書かれている。

政治家とならんか、文學者とならんか、我は文學者を擇ばん。（略）一般の例に據るに少くも四十歳を越えざれば天下を動かす能はず。病軀蠢々命、旦夕を測られざる者豈手を拱して四十歳を待たんや。獨り文學はしからず。四十歳を待たず、三十歳を待たず。二十歳にして不朽の傑作を得る者古來の大家往々にして然り。（略）文學は材に在り、年に在らず。文學の人意を強うする者實にこゝに在り。

文学で成功するのには、年齢は関係ない。政治家は、才能があっても地位を得るには、ある程度年齢を重ねないと無理である。文学は若くても傑作を世に残すことはできる。病軀の自分にとっては、四十歳まで待つことなどできない。この文章の続きに、自分には、才能も知識もなく未だ、文学として何もなしえていない。ただ文学は、人と競わず、年齢にかかわりなく自由であることが自分の心を慰めてくれると締めくくっている。病苦と闘いながら、残された時間を文学者として生きるしかないという子規の覚悟と文学への思いが伝わってくる。俳句や短歌の革新に心血を注ぐことが子規にとって生きる事であり、正岡家の名を残すことに通じることになると考えていたのではないだろうか。

　父への思いは、前述の漢詩「正岡行」から、さらに、明治二十九年八月に書いた新体詩「父の墓」に繋がる。その年の三月に子規は脊椎カリエスと診断され、病臥の生活を余儀なくされている。この詩は、従軍する前に郷里の松山に帰省し墓に詣でた時のことを踏まえた四節からなる詩である。一部を紹介する

　　二節

樒を手向け水を手向け　合掌してぞかしこまる。
涙こぼれぬ、父上と　我を隔つる其土に（略）
父上許したまひてよ。われは不孝の子なりけり。

　　三節

勉め勵みて家を興し　亡き御名をもあらはさんと、

わが讀む書のあけくれに　思ひしこともあだなりき。（略）
學問はまだ成らざるに　病魔はげしく我を攻む

四節

（略）また得詣でじ。今生の御いとまごひ申すなり。
父上許したまひてよ。われは不孝の子なりけり。

この哀切極まる詩を読んだ時、子規の心を思い胸が痛んだ。大きな夢を持ち挑もうとした未来が病によって絶たれていく無念。家の再興を願い、果たせなかった悔恨。父もまた、同じような無念と悔恨を持ち、この世を生きていたのではないかと思ったにちがいない。子規の「われは不孝の子なりけり」という声は、父常尚に届いただろうか。

③　母　八重

　母の八重は、子規の病臥の生活の五年間余りを妹の律と共に献身的に支えた。子規が亡くなった時、「のぼさん、サアもういっぺん痛いというておみ」と言って泣いたという。病気で苦しむ我が子の叫びを毎日聞き続けなければならないことは苦しいことにちがいないが、それ以上に自分より先に子が逝くことは耐えがいことだっただろう。私は、十二歳で病気のため亡くなった姉の葬儀の時に、母が自分の体を激しく叩きながら、泣いていた姿が忘れられない。あの時、これ程の深い悲しみはないだろうと子どもながらに思ったことを覚えている。

　子規は、八重をどんなふうに思っていたのだろう。

　八重は、二十一歳の時、常尚と結婚した。常尚は、先妻とその子どもを亡くし、三十三歳での再婚であった。二十三歳の時、子規を、二十六歳の時、律を出産した。二十八歳の時、病気で常尚が亡くなってからは、八重の実家である大原家の人々に物心両面で支えてもらいながら、裁縫の内職などをして子どもたちを育てていた。子規は、女手で育ててくれた八重を大切に思っていた。明治二十二年（一八八九）五月、子規の後見人であり経済上の相談役でもあった大原恒徳に喀血の報告の手紙を書いた際、病気のことは母八重には内緒にしておいてくれと頼んでいる。二年後の明治二十四年四月の手紙にも同様に話さないようにと書いている。八重に心配をかけまいとする子規であった。

また、明治二十五年（一八九二）十一月、母と妹を東京に迎える時は、神戸まで出迎え、京都見物をさせ、中等車、今でいうグリーン車で東京に向かった。このことは、大原恒徳はじめ親戚の人たちに贅沢だと非難を浴びたが、子規は、その理由を次のように述べている。

（略）身分不相應との御叱責ハ固よりさることとなれども私ハ私の一生に二度かゝる機會あるやなきやといふことに付てむしろ無之方に相考へ候故ニ御坐候（中略）贅澤と知りながらことさらに贅澤したる瀛車代遊覧費等ハ前申上候通り母様に對しての寸志にして前途又花さかぬ此身の上を相考へ候て黯然たりしことも屢〻ニ御坐候

贅沢をしたのは、苦労を掛けた母への寸志、精一杯の感謝の気持ちであるというのである。自らの病気のこともあり、苦労をかけてきた母に、今、無理をしてでも親孝行をしたいと強く思ってのことだったというのだ。

また、耐えがたい病苦に苛まれ、介護への不満を抱くこともあった子規だったが、その不満を八重にぶつけることは少なかったようだ。不満はもっぱら妹の律に向けられた。「仰臥漫録」（九月）には「律ハ理窟ヅメノ女也　同感同情ノ無キ木石ノ如キ女也」や「律ハ強情也　人間ニ向ツテ冷淡也　特ニ男ニ向ツテshy也　彼ハ到底配偶者トシテ世ニ立ツ能ハザルナリ」などと手厳しく書いている。病苦を吐き出すように、律に対して暴言を吐くことが多かったようである。しかし、八重にはどんなに苦しくても律に対するような八つ当たりをせず、耐えていたのだろうと思う。

子規は脊椎カリエスのため、毎日膿のついた包帯を取り換えなければならなかった。その取り換えには、一時間余りかかり、あまりの痛さに泣き叫び、暴言を吐くこともしばしばであった。取り換えは、律が殆ど行っていた。穴のあいた自分の体を鏡で見て子規は、声を上げて泣いたことがあったが、その体を八重には、見せたくないと思っていたのかもしれない。しかし、襖一枚を隔てて我が子の苦悶の声を毎日聞くことしかできない八重はどれ程辛いことだっただろう。母として苦しむ我が子に何もしてやれないこと程耐え難いことはないだろうと思う。

しかし、子規は、八重との楽しいひとときを「病牀六尺」（七月二十九日）に書いている。

此時老母に新聞讀みてもらふて聞く。振假名をたよりにつまづきながら他愛も無き講談の筆記抔を讀まるゝを我は心を靜めて聞きみ聞かずみうと〳〵となる時は一日中の最樂しき時なり。

母の声を、子守歌のように聞いていたようだ。詰まったりしながらも一生懸命読む母の声は心地良く響き、しばし痛みを忘れられたことだろう。八重にとっても、かけがえのない親子の楽しい時間であっただろう。そして、これを書いた一か月半後の九月十九日、子規は、静かに逝った。「のぼさん、サアもういっぺん痛いというておみ」という母八重の切ない言葉はついに届かなかった。

八重は、子規が逝って二十五年後の昭和二年（一九二七）五月十二日、律に看取られ八十三歳で亡くなった。大龍寺境内の子規の墓の隣に葬られている。

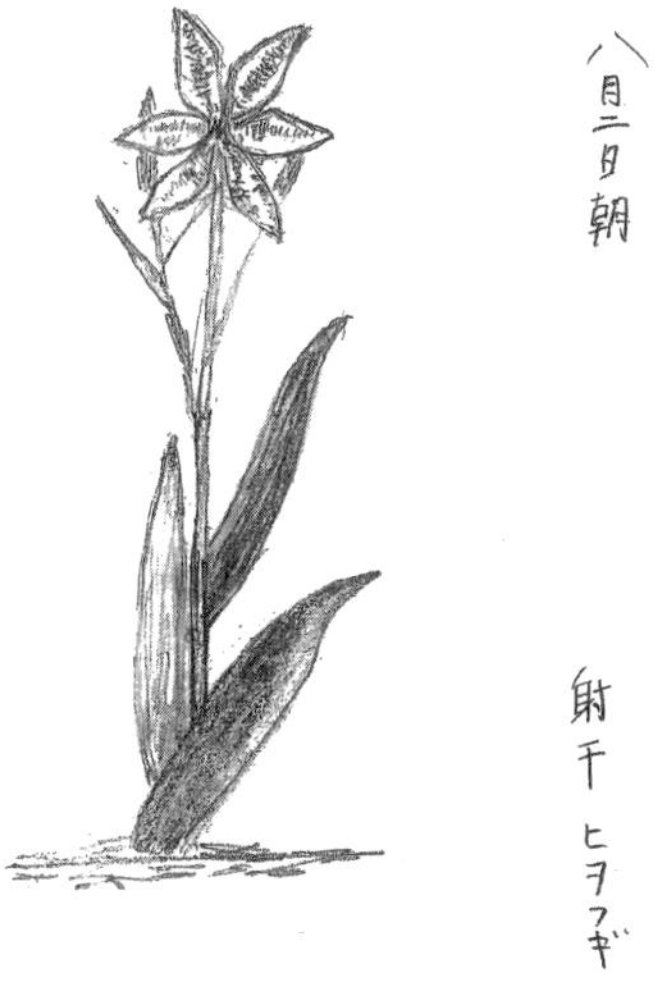

④　妹律㈠

子規の病臥の生活を考える時、妹律の献身的な介護なしでは考えられない。病状と闘病の長さを思えば、介護する者の大変さは想像に難くない。介護の日々を律はどのように過ごしていたのだろうか。

律は、明治三年に生まれた。子規とは三歳違いである。二度結婚し、二度離婚している。その後、母と松山でひっそりと暮らしていた。明治二十五年に上京してからは子規が亡くなるまで、母子三人で暮らしていた。しかし、その十年の半分以上が介護の日々であった。子規の介護と言っても、身体的な援助だけではない。家事全般に始まり、文筆活動の補助もあった。病状の厳しさから言えば、介護というより、看護と言える内容の仕事に至るまで多種多様な仕事をこなしていた。その様子を子規の主治医であった宮本仲は、「女中の役、細君の役、看護婦の役と、朝から晩まで一刻の休みもない」と律の看病ぶりを褒めたたえていたという。しかし、子規は、律に対する不満を抱いていた。「仰臥漫録」（九月二十日）には、律ハ理窟ヅメノ女也　同感同情ノ無キ木石ノ如キ女也（略）彼ノ同情ナキハ誰ニ對シテモ同ジコトナレトモ只カナリヤニ對シテノミハ眞ノ同情アルガ如シ　彼ハカナリヤノ籠ノ前ニナラバ一時間ニテモ二時間ニテモ只何モセズニ眺メテ居ル也　併シ病人ノ側ニハ少シニテモ永ク留マルヲ厭フ也（略）

とある。厳しい言葉で容赦がない。

私の長姉も、末期癌の闘病生活を自宅で送っていた時期があった。介護するのは、次姉であった。日記には、苦しいと書きなぐり、その日記にボールペンの先で穴が開くほど突き刺して、痛みを堪えていた。しかし、痛みに耐えきれず、八つ当たりすることもあった。買物から、帰るのが遅いといっては怒鳴ったり、うたた寝をすれば、「よく眠れていいなあ」と皮肉っぽく言ったりした。病気の苦しさゆえとわかっていても、「ああ言われると辛いなあ」と嘆き次姉が徐々に疲弊し憔悴していくのがわかった。

律は、大切な兄の介護をしたい、少しでも楽にしてあげたい、そう思っていたに違いない。しかし、心身共に疲れが積み重なり、病気のせいだとわかっていても心無い言葉が胸に突き刺さり、辛かったこともあっただろうと思う。介護は、一日では終わらない、明日も明後日も続いていくものである。子規の思いの全てにこたえるならば、自分が倒れてしまうだろう。そうなれば、最愛の兄子規が、一番困ることは明らかだった。カナリヤを眺めつつ、何も考えない心の空白の時間を持つことで、律は心と体を休めていたのだろう。また、母八重が傍らにいるために、精神的に追い込まれず、介護ができたのだと思う。自分を見てくれている、気持ちがわかってもらえている人が傍にいれば、どんなに辛くとも人は頑張れるものだからである。前述の「仰臥漫録」の続きには、子規は律に対する深い感謝の気持ちも書いている。

（略）若シ余ガ病後彼ナカリセバ余ハ今頃如何ニシテアルベキカ　看護婦ヲ長ク雇フガ如キハ我能ク爲ス所ニ非ズ　ヨシ雇ヒ得タリトモ律ニ勝ル所ノ看護婦卽チ律ガ爲スダケノ事ヲ爲シ得ル看護婦アルベキニ非ズ　律ハ看護婦デアルト同時ニオ三ドンナリ　オ三ドンデアルト同時ニ一家ノ整理役ナリ　一家ノ整理役デアルト同時ニ余ノ祕書ナリ　書籍ノ出納原稿ノ淨書モ不完全ナガラ爲シ居ルナリ（略）若シ一日ニテモ彼ナクバ一家ノ車ハ其運轉ヲトメルト同時ニ余ハ殆ド生キテ居ラレザル也　故ニ余ハ自分ノ病氣ガ如何ヤウニ募ルトモ厭ハズ　只彼ニ病無キコトヲ祈レリ

律がいるから自分が生きていられる、律が病気にならないことを祈るという。律を思いやるというより、律がいないと自分が困るからというように読めるという人もいるようだが、私には、病臥の自分がこうして暮らしていけるのは律のお陰であり、その感謝の言葉だと思える。前述の私の長姉は次姉には八つ当たりをしていたが、私には、次姉がいてくれるからこうして生きていられると泣きながら話していた。次姉は、その気持ちがわかっていたからこそ辛い時を乗り越え介護を続けられたのだと思う。子規は律が自分のためにどれだけのことをしてくれているのかを、よくわかっていた。それでも暴言を吐いたのは、病気の痛みや苦しさがそれ程大きく耐え難いものだったのだ。暴言を吐くことで心のバランスをとることしかできないほどの病苦を思うと心が痛くなる。何年もの間、律は休みなく介護を続けた。それは、律の人生すべてを子規にかけた戦いのような介護であった。最愛の兄子規が亡くなり、その後、律はどのような思いで生きていたのだろうか。子規亡き後の律の人生についても詳しく知りたいと思った。

⑤ 妹律㈡

子規の介護に尽くした妹律の人生は、いかなるものだったのか引き続き見ていきたい。律は、明治三年（一八六九）十月一日に生まれた。幼い頃、三つ違いの兄子規が近所の子どもにいじめられて逃げて帰ると、仕返しをするのは律であったという。お転婆で勝気な女の子であったらしい。その律が「家庭より觀たる子規」の中で語っている。

（略）時々、私が算術が出來ないといふので、教へてやるから來いなど丶言つたこともあります。兄は親切に教へてくれるのでしたが、こちらの呑み込みがわるいので、よく泣いてしまひました。

律は弱虫の子規を助けていたが、子規は勉強の苦手な律を教えるなど、兄妹が互いに支えあっていたことがわかる。その律は、幼い頃「私は兄さまのお嫁さんになるんよ」と口癖のように言っていたようで兄妹は仲が良く、律は子規のことが大好きだったのだろうと思う。

明治十八年（一八八五）、十五歳の時、律は陸軍軍人・恒吉忠道と結婚するが二年余りで離婚している。さらに、明治二十二年十九歳の時には松山中学校の教師・中堀貞五郎と再婚するが、十か月で離婚となった。中堀との離婚は、喀血で倒れた子規が療養で帰省した時、看病のため正岡家に戻りっぱなしだったからだといわれている。律にとって、自分の結婚生活より子規が大切であったという事だろうか。幼い頃、苛められている兄を守ろうとした律と繋がるような気がする。子規の上京後、律は母と二人で、松山でひっそりと暮らしていたと言われている。

明治二十五年（一八九二）、子規は、大学を中退し、新聞「日本」の記者となり、八重と律を東京へ呼び寄せ、親子三人で暮らすようになった。明治二十八年（一八九四）には従軍記者として中国へ行き、その帰りの船中で大喀血し、生死の境をさまよった。一命をとりとめ帰京したが、翌明治二十九年には脊椎カリエスであることが分かり、その後は臥褥の身となった。以降子規が亡くなる明治三十五年までの数年間は、律は母八重と共に介護をしていた。介護は厳しいものであっただろうが、一家水いらずで過ごせることは、律にとって嬉しいことであったと思う。夫を早く亡くした八重にとっても、親戚付き合いは窮屈なことも多かったらしく、東京に出て、三人で過ごすことは何より嬉しいことであったに違いない。それは子規にとっても同じ思いであっただろう。しかし、子規の病状を考える時、介護の大変さは筆舌に尽くしがたいものであった。それをやり通した律の子規への愛の深さを思わされる。

子規の亡くなった翌年、明治三十六年（一九〇三）、律は三十三歳で共立女子職業学校に入学して、裁縫、家事、修身、国語、算術、理科などを学んだ。尋常小学校卒業の律が、三十歳を超えて学ぶことは大変だったことだろう。しかし、卒業後、母校の事務員を経て、和裁の教師となっている。厳しい先生であったが、生徒に慕われていたという。大正十年（一九二一）、五十一歳の時、母八重の看病のため退職し、子規庵で裁縫教室を開き生計を立てていた。その八重は昭和二年（一九二七）五月八十三歳で亡くなった。その間の大正三年（一九一四）には、加藤拓川の三男忠三郎と養子縁組をして、正岡家の家名を継がしている。また、子規の遺品遺墨と庵の保存に尽力し、昭和三年（一九二八）財団法人子規保存会初代理事長になっている。介護を終えた後も、子規のため、休むことなく懸命に生きた律であったのだ。鳥越碧は、著書『兄いもうと』のあとがきの中で

昭和十六年に七十二歳で亡くなるまで、子規に捧げた一生は一見寂しくも見えるが、充実した人生であったのではなかろうか。自分ひとりのために生きるより、何倍も価値のある人生を生きたのではないか。「兄いもうと」を書き終えた今、子規と律の濃い兄妹愛を伝えられたのかどうか、心許ない思いがする。が、子規兄妹によって、私は人生の指針を与えられた気がした。生きるとは――今日この時を諦めないことだと。

と書いている。私は、子規が病苦と闘いながら、最後まで諦めずに、生きることを楽しみ続けたことに魅せられてきた。しかし、その子規を、心より愛し辛くても諦めることなく介護を続けた律がいたからこそ、その生を全うし、文学革新に関わる業績も残せたのだと思った。兄子規を深い愛で支えた律の存在は、本当に大きいものだった。

律は、昭和十六年（一九四一）五月、七十二歳で逝った。その墓は、田端大龍寺の子規の墓の隣にある。

⑥ 従弟 藤野古白 (一)

古白は子規の従弟で四歳年下である。子規の母八重の妹十重の子どもである。本名は、藤野潔という。

「仰臥漫録」には子規が自殺を考えた時の様子が克明に書かれている。そこに古白の名が出てくる。「古白曰来《こはくきたれという》」と書き、自殺に使おうかと考えた小刀と千枚通しの絵を描いている。古白は、明治二十八年（一八九五年）四月、二十四歳でピストル自殺をしている。初めて、「仰臥漫録」を読んだ時には、死期を感じて先に逝った古白を思い出したのだろうと思っただけだった。しかし、子規のことを知っていく中で、古白は特別な存在であったと考えるようになった。

明治三十年（一八九七）五月に出版された「古白遺稿」は、子規が原稿、編集、校正、出版資金の調達まで行った。刊行後、子規の病状が悪化したのは、その疲れのせいではないかと言われている。なぜ、そこまでして古白のことを書き残そうと思ったのか、子規にとって古白はどのような存在であったのかみていきたい。

「古白遺稿」は、俳句、短歌、長詩「情鬼」、戯曲「人柱築島由來」、子規の「藤野潔の傳」、詩「古白の墓に詣づ」のほか漱石などの友人らの追悼文、追悼句などで構成されている。「藤野潔の傳」の最後には「余の贔負目より見るも文學者として傳ふるに足らざるなり。されど同學の人亦遺稿の出版を促す。乃ち之を刻して同好の士に頒たんとす。遺稿ありて傳なからんはさすがにて思ひ出すまゝに書いつけつ」とある。文学者として残すほどではないと判断しながらも、出版を勧められたので仲間に配るものとして作ったとある。しかし、病を持つ身で遺稿作りのすべてをしたことから考えて子規が出版したいという強い意志を持っていたと考えるのが妥当だと思う。

「藤野潔の傳」は、古白の略年譜と古白のことを思い出しながら丁寧に書き進められている。子規は思い出すままに書いたというが、古白という人物像を捉えることができ、さらに子規が古白をどのように思っていたかを知ることのできる素晴らしい随筆である。その伝は、古白の七・八歳の頃、故里の愛媛県松山の出来事から始まっている。

（略）自家の花園に思ふ存分の惡戯をなしつゝ遊び居たりし有様のみ。生れてより神經過敏に局度狹隘なりしかば戸外に在りて衆と遊ぶことを厭ひ家に在りて遠慮無き友と遊ぶことを喜ぶ。彼が遊ぶべき廣き美しき庭園を持ち其庭園の中に自ら王となりて他より制限せられずに惡戯を爲すの權を持ちたりしことは、内氣なる貧しい余をして如何に其境遇を羨ましめしか。其惡戯至らざるなく、余等を眼中に置かずして傍若無人に立ち振

るまへるを見て、余は暗に畏敬の念を生じ、彼を豪氣の人なりと思へり。（略）

古白は神経過敏で、協調性のない面があったようである。悪戯というのがどのようなものだったかはわからないが、わがままで自分勝手な面を持っていたと思われる。裕福な暮らしの中で気ままに過ごす古白を、子規は内気で貧しい自分と比べて羨ましいと思っていたようだ。自分にないものを持っている古白に憧れに似た感情を持っていたのではないだろうか。ところが、子規の大切にしていたせんつば（箱庭のようなもの）の梅の苗を、遊びに来た古白が引き抜くという出来事が起こった。その時、怒りのあまり古白を叩き、子規は母八重に叱られている。これについては

（略）これより余は再び古白に近づくことを好まざりき。古白が破壊的の性質は到底余と相容れざるを知りたるなり

と書いている。子規にとって、庭の草花は特別なものだった。子規の家は、父親が早く亡くなり、生活は貧しかった。少なくとも子規はその貧しさを強く感じていた。そのうえ、言葉の発達が遅かったこともあり、自分の気持ちをうまく表現することができなかった。その子規の鬱屈した心を救ったのが、庭の草花たちだったのだ。草花の世界は、子規をあ

りのままに受け入れてくれる安心で優しい世界だった。その世界を踏み荒らされた子規の怒りは、さぞ大きかったことだろう。古白が裕福で自由でわがままに過ごしていることは羨ましいことではあったものの、乱暴なところは受け入れ難いものでもあったのだ。子どもの頃の子規にとって、古白は好悪相反する感情を抱かせる存在だったといえるだろう。

前述のせんつぼの出来事で「近づくことを好まざりき」と書いてはいるが、その後も関係は続いていく。古白は東京へ転居し、明治十六年、子規の上京によって二人は再会をすることになる。続いてみていきたい。

天竺牡丹

⑦ 従弟 藤野古白 ㈡

古白㈠では、子どもの頃の二人の関係についてみてきた。子規にとって、古白の裕福で自由なところは憧れでもあるが、行動が乱暴なところは嫌だという好悪相反する感情を持っていたと考えた。その後の二人の関係を、引き続き「藤野潔の傳」によって追っていきたい。

二人は、明治十六年（一八八三）、古白十二歳の時に子規の上京によって再会した。須田塾（予備校のようなもの）で同宿することから始まった。その頃の古白は感情の起伏がさらに激しくなっていて、塾生とのトラブルが絶えなかった。塾の先生から、古白は厳しく叱責され、従兄である子規は古白を誡めよと言われていた。その古白について、「其悪戯は此の如く甚だしかりしも毫も悪意ありしにあらずして寧ろ無邪氣なりしなり。只褊狭なる性質は人と親むこと能はず。却つてなべての人を恐るゝの結果、喧譁などを起すに至る。」と書いている。子どもの時のように悪戯を現象面だけで見るのではなく、その内面の問題として深く受け止められるようになっているのがわかる。

明治二十二年（一八八九）十八歳の時古白は、神経病で巣鴨病院に入院することになる。

どのような神経病かはわからないが「今まで多言なりしもの今は口をつぐんで全く默せり」というように感情の揺れ幅が大きく、精神的な不安定さの目立ったもののようであった。

その後、古白は、病状が落ち着き俳句を詠むようになり、明治二十五年（一八九二）二十一歳の時には東京専門学校（早稲田大学）に入学し、文学の勉強にも取り組むようになった。その頃の古白の詠んだ俳句については「趣向も句法も新しく且つ趣味の深きこと當時に在りては破天荒ともいふべく余等儕輩を驚かせり（略）年少の古白に凌駕せられたる余等はこゝに始めて夢の醒めたるが如く漸く俳句の精神を窺ふを得たりき。俳句界是より進歩し初めたり。」とあり、古白の才能を高く評価している。その後、月並調を学び、古白の俳句は価値を失ったようだが、子規の取り組んだ俳句の革新においても、古白の存在は大きかったことがわかる。

明治二十七年（一八九四）には、古白は、卒業論文に脚本「築島由來」を書き上げた。これは、古白にとって大文学者の名と数百円の金を得られると確信できる出来であったようだ。しかし、意に反し「此時彼の希望は頂點に達したり。然れども事實は空想と違ひ社會は之を歡迎せざりしのみならず之を評する者も少なかりき。」とある。大きな失望だけが残ることになった。しかし、「絶望後の古白は幾何の苦痛を感じたりけん、されど笑顔も戲談も全く平和を裝ひたり。」と記されている。外見は明るく平和に振舞っていたというのである。人は、悲しみや苦しみがとてつもなく大きい時ほど、泣くのではなく笑うことがある。

周りは、それを見て安心したりするが、子規は古白の苦しみの深さを感じ取っていたので、平和を装うという表現をしたのだと思う。子規が、このように古白の心情を深く考えられるようになったのは、明治二十一年七月、向島で三並良と古白と三人で過ごした時のことがあったからではないかと思う。子規が、古白に目的をもち、その目的に向かって生きていくようにと話をしている時に急に泣き出したという。叱ったり怒ったりしたのではなく愉快に話をしていたので、子規には全く理由がわからなかったが、それについて「此解すべからざる者は始めより古白の脳中に存在し、死に至る迄終に誰にも解せられさりしなり」と書いている。子規は、古白には誰にも理解されない精神の働きが存在し、それを抱えて生きている苦しさをこの時感じとったのではないだろうか。

明治二十八年（一八九五）、子規は従軍記者として中国へ向かうことになった。三月三日の出発の日、古白は新橋へ見送りに来ている。その前日にも子規のために荷物作りを手伝い、快活に話していたらしいが、その一か月後の四月七日、古白は自殺するのである。古白の自殺の最近因として、子規は自らの従軍をあげている。「古白文學に志を立てし後は暗に余を以て競争者としてなしたるが如く、（略）されば余が従軍は彼をして余を嫉ましめしなるべく、彼は此時自己の境遇を顧て煩悶已む能はざりしならん。」とある。従軍がうらやましく自分の現状を顧みて、苦しみ自殺を選んだのではないかと書いているが、古白は子規が従軍することが羨ましかったこともあるだろうが、子規が遠くへ行ってしまうことが辛かったのではないかと思う。古白の苦しみに対して子規は正直に冷静に向き合ってくれる唯一の人であっただろうと思えるからだ。子規は、自分が従軍しなかったら、古白の自殺はなかったのではないかと思い、自らの従軍が最近因であると書いたのだろうが、そう書かざるを得ない子規はさぞ辛かったことだろう。互いに思いあう古白と子規の心がそれぞれに切ない。

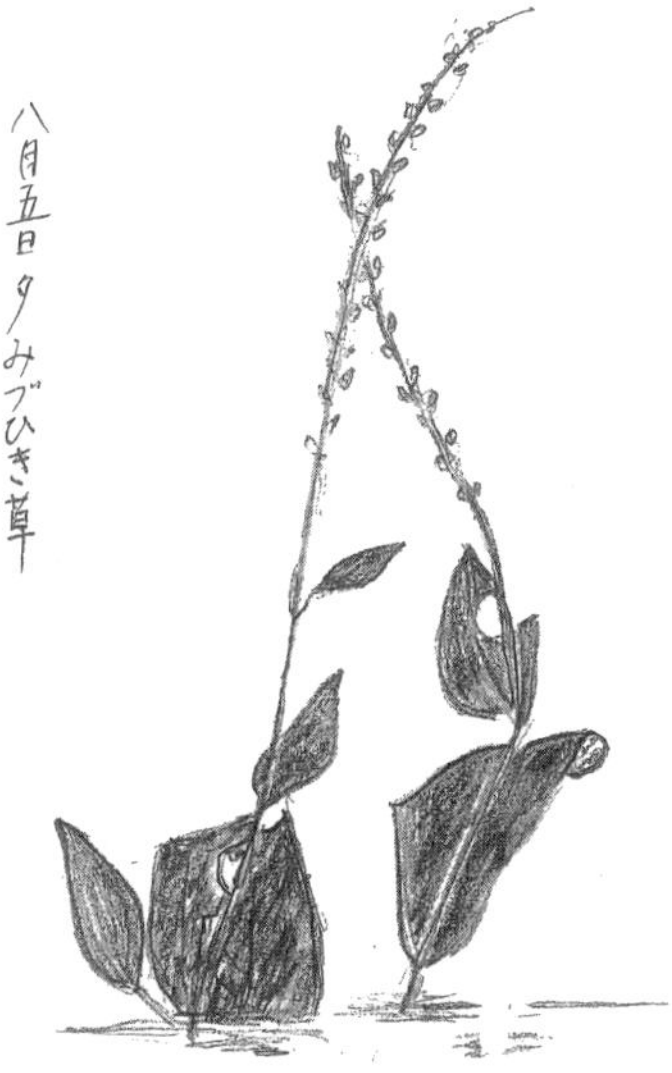

⑧　従弟　藤野古白㈢

子規は、「藤野潔の傳」の中で古白の自殺の最近因として自らが従軍したことをあげている。そう書いた子規の心には、古白の命を守れなかったことへの悔いが強くあったからだろうと思う。

その「藤野潔の傳」には、古白が自殺に至った誘因も書かれている。古白の先天的なもの、つまり精神的なもの以外に四つの誘因をあげている。子規は、文章を書くときに比較をして論じるというスタイルをとることが多い。この誘因の分析にもそのやり方があるように思う。古白と子規自身との比較である。ただし、文章に子規との違いを明確に書いているというのではない。古白の自殺の誘因を導き出す過程において、自身の生涯と比較しただろうと思えるのである。子規の思いと重ねて古白の自殺の誘因について考えてみたい。

一つは、「文學上の失望是れなり」とある。

東京専門学校の自信作だった卒業論文の脚本「築島由来」が認められなかったことである。この時の失望の大きさについては前掲古白㈡で触れた。子規も小説家を志し、「月の都」を幸田露伴に見てもらったが、望んでいたような評価が得られなかった。古白のように落胆したことだろう。しかし、子規は小説家を諦め、詩、俳句の道に進むことに切り替えることができた。それができたのは、子規には自分を超えた才能を持つ多くの友人がいたからである。漱石もその一人である。才能も一面的ではなく多岐にわたることも知っていた。いろいろな生き方があることを友との関係から学んでいた。だから、気持ちを切り替えることができた。しかし、古白はそのような人間関係を築くことができなかった。だから、失望だけが深く心に残ったのだと考えたのだろう。

二つには、「生計を立て得ざりしことなり」とある。

古白は職業に就き生計を立てることはなかった。自分に合った職業を見つけることができず、また親の支援があり働かなくても生活できたためである。子規は、学年試験に落第したことをきっかけに、これからの生き方や家族のことを考えた結果、大学を中退し陸羯南が社主である新聞「日本」に勤めることになった。以降亡くなるまで病苦と斗いながらも、記者として働くことができた。働くことは、楽しいことだけではない。しかし、時として人は生活のために働くことで、どうしようもない苦しみから少し心を離し、その苦しみについて見方を変えることができたりするものである。働かなくても生活できる古白は、逆に苦しみから逃れることができなかったと考えたのではないだろうか。

三つには「家族に於ける配慮なり」とある。

古白の母は、彼が七歳の時亡くなり、その後父は再婚した。古白のきょうだいは、同母妹一人、異母弟二人、異母妹二人である。継母に古白は遺書を残している。その遺書について、子規は「終始和氣の二字を骨子として死後の和樂を望みし彼の心中を思へば實に憫むべきものありて存す。古白と最も親しかりし余は遺書を開いて此に至れば眼をしばたゝかざることなし。」と書いている。古白にとっては、和気あいあいとはなり難い家族関係があったのだろう。子規は、父を五歳の時亡くしている。母八重は苦労して子育てをしていた。大学を中退し、新聞「日本」で働くことになった子規がまずしたことは、愛媛県松山に住む母と妹を東京に呼び寄せることであった。社主の陸羯南の援助もあり、家族と一緒に暮らすことができた。子規にとって、母八重や妹律の存在は大きな心の支えであった。だから、古白の家庭の複雑さと孤独を思う時、涙をこらえることができなかったのだと思う。

四つには「熱情を外に發する能はざりしによる。熱情の最も著きは愛なり」とある。古白は、理想の愛を得ようとしていたが、女性とうまく付き合えずに失恋したことがあったようだ。子規は、病気もあり、具体的な恋愛というのはほとんどなかったようであるが、元気であれば恋も結婚もしたかっただろうと思う。

そして、「傳」の最後には「此中の一箇條にても彼の希望に副はしめば彼は猶浮世に對して全くインテレストを失ふには至らざりしなるべし」とまとめている。子規は、四つの誘因すべてが、自分にもなければ古白と同じように生きることが出来なかったと思ったのだ。子規は、病を抱えても、小説家になれなくても、家族に介護をしてもらいながら新聞社で働くことができている。周りに多くの仲間や家族がいて支えられ生きている自分がいる。だからこそ、古白を支えられなかったという大きな悔いが子規にあったのではないだろうか。それが「古白遺稿」を編んだ子規の気持ちの根底にあったように思える。

「藤野潔の傳」は、古白を思う子規の伝でもある。

⑨ 叔父 大原恒徳

子規に関する本を読んで、子規を支えた多くの人々がいたことを知った。その人たちの支えがなかったら、子規の俳句や短歌、文学の革新という業績は残せなかっただろうと思う。支えた人たちのかかわりについては、文学・命・生活の三点に大雑把に分けて捉えることができる。文学の仲間は虚子、碧梧桐や漱石など多くの人たちがいる。命を支えたのは主に介護をした母八重と妹律である。生活を支えたのは、主に大原恒徳、加藤拓川、陸羯南であると考えている。しかし、この三人については、私は全く知らなかった。子規のことを知るにつれ、非常に大きな存在であることがわかった。

子規の生活は、彼らによってどのように支えられていたのだろうか。

まず、恒徳とのかかわりである。恒徳は、子規の叔父である。母八重の父である儒学者大原観山の次男である。子規に上京をすすめた加藤拓川（加藤家の養子となる）は三男である。松山藩士の父常尚が子規の五歳の時亡くなったこともあり、その後の正岡家の生活を大原家の人々は物心両面で支えていた。

明治八年（一八七五）松山藩は家禄制度を廃止し、一時金を公債として支給している。

正岡家には、千二百円が支給された。その資産管理をしたのが、恒徳である。恒徳は、第五十二国立銀行に勤務していた。その資産を銀行の株や貯金として運用し、必要に応じて正岡家へ支出していた。子規が上京してからは、毎月十五円を学費として送っていた。それ以外にも子規は、お金が必要になった時などは恒徳に送金を頼んでいる。明治十九年（一八八六）十一月の手紙には「毎度之事にて實以而御手数恐レ入候へとも此度外套代として金八圓御送附被願間敷や」とある。第一高等中学校に在籍時、学校の行事の行軍の為に外套が必要となり、急遽その代金の送付を頼んでいるのである。このような送金の依頼は度々あったようである。恒徳は、正岡家の戸主である子規の後見人として一家の経済を二十年以上もやりくりしていた。

明治二十五年（一八九二）七月、子規は学年試験に落第し、その後退学した。陸羯南の主宰する新聞「日本」に入社することになり、母と妹を東京に呼び寄せている。同年十一月、二人を東京に迎える時に、神戸まで出迎え京都見物をさせ、今でいうグリーン車で東京に向かった。このことは、恒徳はじめ親戚の人たちの非難を浴びたが、子規は、その理由を次のように述べている。

（略）贅澤と知りながらことさらに贅澤したる滊車代遊覧費等ハ、前申上候通り母様に對しての寸志にして前途又花さかぬ此身の上を相考へ候て黯然たりしことも屢〻ニ御坐

候

母に対する寸志つまり感謝の気持ちであることとの説明に加えて、自分の将来への不安も素直に書いている。これは、恒徳が、金銭面だけではなく、子規の話をよく聞き精神面でも支えていたからではないかと思う。

しかし、恒徳にとっては、グリーン車などの贅沢について、非難する具体的な理由があったのだ。明治二十五年の初めに、恒徳と同じ第五十二国立銀行に勤務する父方の従兄、佐伯政直が、正岡家の家計について将来を見越しての詳しい報告書を送っていた。そこには、少しの贅沢も許されない程の経済状況が示されていたのである。この知らせは、子規にとってこれからの自分の人生の方向性と早期の自立の必要を感じさせ、就職と母妹と一緒に暮らすということを決めるきっかけになったのではないだろうか。

「仰臥漫録」（十月十三日）には、自殺した従弟の古白のことにふれながら、子規が自殺の衝動に襲われた様子が記されている。そして、二日後の十五日の恒徳にあてた手紙には「人ハ生きてさへ居れば善きやうに申候へとも生きて居る程苦しきことハ無御座候（略）」と書いている。

このように恒徳は、子規にとって病苦を素直に吐露できる人であり、物心両面で支えてくれる大きな存在であったようだ。子規は、記者になってからも近況報告などを交えた手紙をたくさん送っている。その手紙の数は虚子宛ての書簡の次の多さだと言われおり、恒徳への信頼がいかに大きかったかがわかる。

さいとうなおこは、著書『子規はずっとここにいる』の中で、恒徳を「父を早く亡くした子規にとって父以上の人であった」と書いている。

恒徳は、大正八年（一九一九）、六十八歳で亡くなっている。

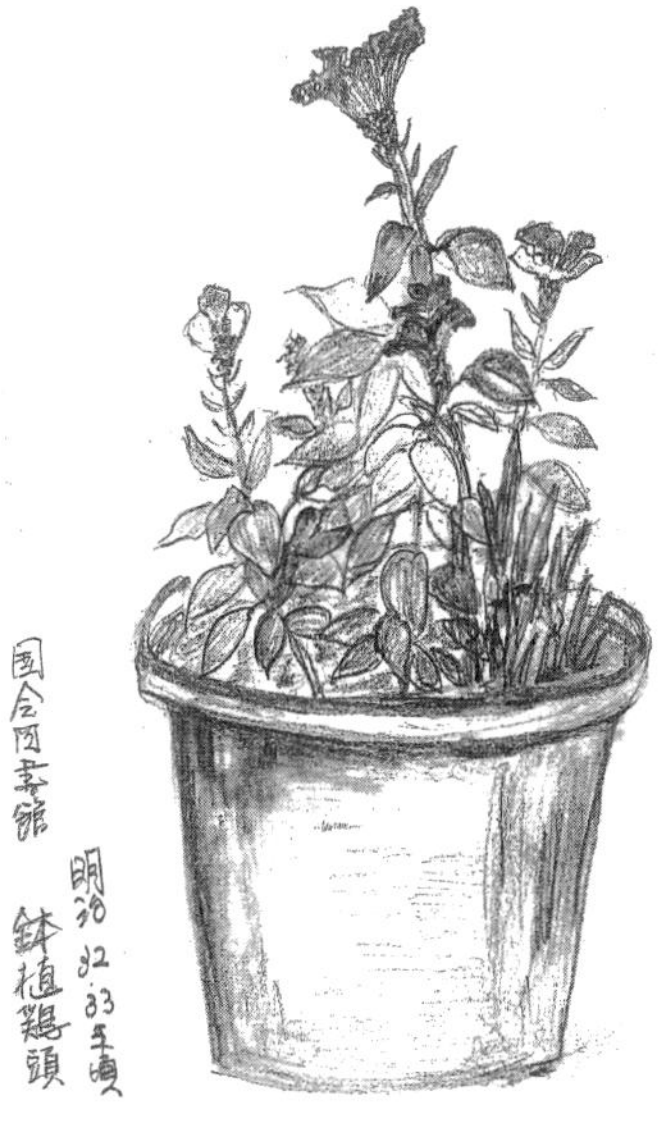

⑩ 叔父　加藤拓川

子規の幼少のころからの生活を支えた人として、叔父の大原恒徳がいるが、主に東京での生活を支えた人として加藤拓川がいる。拓川は、大原観山の三男で母八重と恒徳の弟である。子規より八歳年上で、一八五九年の生まれである。拓川は、十七歳の時上京し、フランスへの留学を終えた後、外交官として活躍し、衆議院や貴族院の議員も務め、最後に松山市の市長になった人物である。

子規は、中学校の時、周りの裕福な友人たちが次々と上京していく中、自分も上京したいという強い願いを持つようになった。母八重には、上京を認めてもらえたが、後見人である大原恒徳には、反対されたため、東京にいる拓川に何度も上京への強い願いを訴えていた。しかし、拓川からもまだ若いといって認めてもらえなかった。当時、学問をする、立身出世をするためには東京に出ることは必要不可欠のことであり、若者の憧れであった。子規は、何としても上京したいという思いばかりが募り、悶々とした日々を過ごしていた。そこに、拓川から突然上京を促す手紙が届いたのである。『筆まかせ』の「半生の喜悲」（明治二十一年）の中で、余は生れてよりうれしきことにあひ思はずにこ〳〵とゑみて平氣でゐられさりしこと三度あり　第一ハ在京の叔父のもとより余に東京に來れといふ手紙來りし時（略）第一ハ數月前より遊思勃としてやまず　機會あらば夜ぬけなどせんと思ひし處なれば也（略）

と書いている。許しがでなければ、黙ってでも行こうと思っていた矢先に拓川の手紙が届いたのである。どれ程の喜びであったことだろう。明治十六年（一八八三）の六月、手紙の届いた三日後には、子規は東京に向かって出発している。上京に反対していた拓川が、急に認めることになったのには、理由があった。拓川のフランスパリへの留学が決まったからである。しばらく日本にいないことを考えると、必死に上京を訴えている子規のことをほっておけなかったのだろう。さらに子規の東京での暮らしを考えて、司法省学校で一緒だった陸羯南に子規の相談役を頼んでいる。羯南は、その頃政府の書記局の翻訳官をしていた。子規は、上京してすぐに羯南のところに挨拶に行った。その後、時折訪ねることはあったらしいが、しばらくは学生生活を楽しんでいた。しかし、大学を落第し、喀血したこともあり、明治二十五年（一八九二）に、新聞「日本」の社主となっていた羯南のところに、将来についての相談に訪れている。大学を中退して新聞社で働きたいこと、松山にいる母と妹を呼び寄せて一緒に暮らしたいことなどである。大学の中退には、羯南も反対したが、決意が固く、子規の希望通りに受け入れられることになった。拓川が、もし羯南を紹介していなかったら、子規の将来はどうなっていただろうかと思う。少なくとも、俳句、短歌の革新、写生文の提唱などの文学の業績は生まれなかっただろう。拓川や羯南が、子規の願いを受け入れたのは、子規の才能を感じていたこともあっただろうが、その背景には、明治という時代が、新しい精神と生き方をともに作り出そうというエネルギーに満ちた開かれた時代だったからではないだろうか。

子規は、拓川に恒徳と同じように近況を細かく知らせる手紙をよく書いている。拓川もいつも気にかけていて、子規の病状の悪化を知った時には、一か月ほど派遣看護師を雇い、看護にあたらせたりもしている。

上京によって、子規の人生は大きく変わった。学問の道が開かれ、文学的な業績を作り出すことができた。拓川は、恒徳と同様、子規の生活、人生を考えた時欠かせない存在である。また、外交官、政治家としての拓川には思想的にも大きな影響を受け、子規にとって憧れの存在でもあったようだ。

拓川は、大正十二年（一九二三）、六十四歳で亡くなった。墓は、松山市の相向寺にある。小説家の司馬遼太郎は、

碑面には、「拓川居士骨」と、拓川自身の文字でただ五文字が彫られている。ふつうなら、拓川墓とすべきものを、拓川の気分では、墓という表現も余分だったのであろう。生前、

拓川はどこか子規に似ているといわれたが、単に「骨」とするあたり、物そのものを明示して余計な靉気《あいき》がない。

と書いている。「拓川居士骨」というのは確かに靉気、まとわりつくような余計なものが一切ない。「月給四十円」と書いた子規の墓誌文とも繋がるような気がする。

子規は、事実を大切にするリアリズムの精神を持っていた拓川に大きな影響を受け、物心両面で支えられた。それによって、子規の写生を取り入れた俳句・短歌や文章の革新が生まれたのではないかと思った。

石竹
セキチク

⑪ 新聞「日本」社主 陸羯南

子規の生活を支えた人として、とりわけ東京での生活を支えた陸羯南についてみていきたい。

明治十六年（一八八三）、子規は叔父の加藤拓川によって羯南を紹介された。上京した時、拓川は、フランス留学を控えていたため友人の羯南に子規の相談役を頼んだのである。子規十六歳、羯南は二十六歳であった。

明治二十四年（一八九一）の秋、子規は、羯南に自分の今後について相談している。羯南はその頃既に新聞「日本」の社主をしていた。病気のため大学を退学したい、面白くなってきた俳句の研究をしたい、根岸で貸家があれば世話してほしい、母と妹を呼び寄せたいなど様々な相談をした。その結果、明治二十五年二月には根岸に転居している。学年試験に落第したことから大学を中退し、十一月には松山の母と妹と一緒に暮らすようになった。十二月には「日本」新聞社へ入社した。子規は、この新聞社で亡くなるまで働くことになる。入社の半年ほど前から羯南の勧めで、木曽の旅行記「かけはしの記」や「獺祭書屋俳話」などの記事を書いていた。羯南は子規のジャーナリスト的な才能・文才を早くから認めていたと思われる。子規は、十二歳の時、四人の友人と共に文章、漢詩、書画などを載せた回覧雑誌「桜亭雑誌」を出している。新聞や雑誌の真似をして企画編集をしていた。その後も次々と同様の雑誌を出している。記事には政治的な論説もあるが、子規の創作したなぞなぞや絵の描き方など読み手に興味が持てるような工夫もしている。少年時代からすでに読み手を意識したわかりやすい記事を書くなど編集者としての才能を発揮していた。

羯南は一緒に働くようになって更にその才能を感じたようである。記者になって、まだ二年目の明治二十七年（一八九四）「日本」の姉妹紙である「小日本」新聞の編集を同僚の古島一雄の推挙もあり、任せることにしたのである。しかし、残念なことにこの新聞は、「日本」新聞社の経営上の行き詰まりにより半年余りで廃刊となり、子規は「日本」新聞社に戻ることになった。

入社当時、月給は十五円であった。家族三人の暮らしには厳しい額なので、羯南はもっと収入のよい新聞社へ世話することも話したが、子規は何百円の月給であっても他の新聞社へはいかないと言ったらしい。新聞「日本」は国民主義の立場で、政府の外交政策などを攻撃したためしばしば発行停止の処分を受けていたが、羯南の立場・方向性に共感していたのだろう。

明治二十八年（一八九五）、従軍記者として中国へ行き、その帰りの船中で喀血し神戸病院に入院した時、羯南は、入院費用の全てを負担した。その翌年には、カリエスがわかり臥褥の身となったが、亡くなるまでの五年余りを自宅で療養しながら記者として働くことを認めていた。この時期に、俳人蕪村・歌よみに与ふる書・評論叙事文・墨汁一滴・病牀六尺など多くの記事を「日本」に書いている。これらの記事は、子規の文学的な功績である俳句、短歌の革新運動、写生文の基盤となったものである。記事を書くことがなければ、子規の文学の功績はなかったのではないだろうか。病苦に苛まれ生きる意欲さえ持ち続けられなかったのではないかと思う。子規が、その羯南の支えにどれ程感謝していたかがわかる文章がある。明治三十三年（一九〇〇）二月、熊本にいる漱石にあてた手紙である。

『日本』ハ売レヌ、『ホトトギス』ハ売レル。陸氏ハ僕ニ新聞ノコトヲ時々イフ（略）ケレドモ僕ニ書ケトハイハヌ（略）ソレデ陸氏ノ言ヲ思ヒ出スト、イツモ涙ガ出ルノダ。徳ノ上カライフテコノヤウナ人ハ余リ類ガナイト思フ（略）

この手紙には、涙で濡れた跡が残っていたらしい。羯南の支えがなければ生きていけなかったことを誰よりも強く感じていたからだろう。また、「仰臥漫録」（十月五日）には、「（略）頭イヨ〳〵苦シク狂セントシテ狂スル能ハズ獨リモガキテ益苦ム　遂ニ陸翁ニ來テモラヒシニ精神ヤヽ靜マル　陸翁ツトメテ余ヲ慰メ且ツ話ス」とある。羯南の思いやりの深さと子規の信頼の強さが窺える。

子規は明治三十一年（一八九八）七月に碧梧桐の兄、河東可全に自分の墓誌文を書き送っている。自分の名前や父母の事などを書き最後に「日本新聞社員タリ月給四十円」と記している。日本新聞社で働き生活を支えられたことへの喜びの気持ちがあったと思うが、同時に羯南への感謝の気持ちも示したかったのではないだろうか。羯南は、子規の生活を物心両面で支えながら、その才能を存分に開花させた人物であった。

子規が亡くなって五年後、羯南は五十一歳で逝った。

⑫ 剛友　秋山真之

これまで子規にかかわりの深い人々について書いてきた。秋山真之は、子規の幼馴染であるが、海軍の軍人だったこともあり、子規と深いかかわりがあるとは思っていなかった。しかし、虚子は「子規居士と茶談中、同郷の人物評になると、秋山眞之君に及ばぬ事は無かった。秋山君は子規君と同年か若くても一歳位の差で、同郷同窓の友としてことに親しかった。」と述べている。漱石は生涯の友であり、とりわけ文学の友であった。真之は、子規にとってどのような存在であったのだろうか。

真之は、子規より一年遅く慶応四年（一八六八）に生まれた。正岡家は馬回り役、秋山家は歩行組であり、正岡家のほうが地位としては少し高かったが同じ士族の仲間であった。子規と真之は同じ勝山中学校、松山中学に進んでいる。子規が、上京した明治十六年（一八八三）に真之も陸軍の軍人である兄の好古を頼って上京し、同じ共立学校に入学した。当時、子規が下宿していた藤野家に真之はよく遊びに行ったという。子規は明治十七年には東京大学予備門に入学したが、落第したため翌年入学した真之と同級となった。予備門では、真之や仲の良い友人と共に楽しく過ごしていた。子規はその仲間の一人清水則遠と

同居をしていたが、彼が脚気で急逝した。その時の様子を柳原極堂は

斯くて子規は其の死因の幾分が自分の不注意に由るもの丶如く感じ、自責の念に驅られて少なからず痛心せしためか、稍〻喪心して度を失はんとせしが、「升さんシツカリおしや」と秋山に注意されて又氣を奮ひ起し自ら施主となりて野邊の送りも滞りなく取行ひ、其顚末を清水の親里に報知せし長文の書が「書簡集」に載つてゐる。（略）此時代に於ける子規としては清水の急死ほど深刻なる衝撃を受けしことは又他になかつたであらう。

と記している。その後真之は、子規の下宿に同居している。憔悴している子規の様子が心配だったからだろう。お互いを思いやれる大切な存在であることはこのことからもわかる。しかし、同居から三か月後に真之は突然予備門を退学し、海軍兵学校へ入学した。それについては柳原極堂は、

（略）其の後予は子規を訪ひしに其の時秋山は已に去つてゐなかつた。毎年大學豫備門に入る者が斯う多數では終に學士の氾濫を見るに至るであらうと言つて秋山は海軍兵學校に轉じたのだと子規は言つてゐたが、或者は之を否定し、秋山は學資がつゞかずして

官費の兵學校に轉じたのだと言ってゐた。

と書いている。当時の士族の生活は貧しく、真之は兄好古に負担をかけていることを気遣い、軍人への道を選んだようである。虚子は、「秋山君の文才は子規君の「七草集」の巻末に散在する評言などにて看取することが出來る。海軍の公報が同君の筆になるといふ世間の噂は根據の無いことでは無い。」と書き、真之の文才を認めている。子規が、短歌の手ほどきを受けた井出真棹は、真之の紹介であった。子規は真之の文才も希望もわかっていたが、それ以上に生活の苦しさもわかるが故に真之の決意を寂しく静かに受けとめたのだと思う。二人の切ない別れである。

その後、それぞれの道を歩むことになる。海軍兵学校での真之は成績優秀で、軍人としての道にまい進する。子規はアメリカに留学する真之を思い「君送りて思ふことあり蚊帳に泣く」という句を作っている。二年半後に真之から届いた年賀状には「遠くとて五十歩百歩小世界」の句が書かれていた。二人の心は、遠く離れていても強く結びあっていたことが感じられる句である。そのころ、真之はアメリカから子規の体を心配して布団を送っている。その布団を子規は臨終までずっと使っていた。

子規の葬儀の時、真之は棺と一緒にお寺には行かず、子規の家で香を捻って帰ったという。静かにひとりで子規に別れを言いたかったのだろう。それぞれ進んだ道は違ったが、互いに自分のできることを精一杯懸命に生きたかけがえのない友であった。友情と信頼は、お互いの距離や共に過ごした時間の長さだけで測れるものではない。お互いの心の中の大切なものが通じ合っていれば自ずと深く育っていくものだと思う。真之が子規に送った布団は最期まで子規を暖かく包んでいたことだろう。

　子規の死後から十六年後の大正七年（一九一八）真之は五十一歳で亡くなっている。

Ⅲ　子規と漱石

① 似た者同士

「子規の畫」という漱石の小文がある。明治三十三年六月、漱石が熊本の高等学校に赴任していた時、子規が手紙を添えて送った東菊の絵について書かれたものである。亡くなって十年後、明治四十四年（一九一一）、子規を思い書かれた温かな惜別の文章である。二人の友情は、どのように育まれていったのだろうか。

明治二十二年（一八八九）、大学予備門の時に子規と漱石は出会っている。漱石は、子規との関係について

（略）半分は性質が似たところもあつたし又た半分は趣味の合つてゐた處もあつたらう。も一つは向うの我とこちらの我とが無茶苦茶に衝突もしなかつたのであらう。忘れてゐたが彼と僕が交際し始めたも一つの原因は二人で寄席の話をした時先生も大に寄席通を以て任じて居る。ところが僕も寄席の事を知つてゐたので話すに足るとでも思つたのであらう。其から大に近よつて來た。

と回想している。二人の趣味が寄席であることはよく知られているところであるが、二人の書簡に、ユーモアのある表現が多いのは、寄席好きによるところが大きく関わっているのだろう。漱石のいう性質の似たところについて、作家の山崎光夫は、

二人はミザンスロピック病（厭世病）同士で、左利きである。右利きがあたりまえの世界になにかと生活に不自由をきたし、少数派で目立って、書道で難儀するのが左利き。ただ、現在なら左利きに理解があり、無理に矯正しない家庭も多い。ところが、昔は子どものころから左手に包帯を巻くなどして使えないようにし強引に右利きに矯正したものだった。強いストレスがかかり、トラウマとなって性格に歪みを生じさせる可能性が高くなる。漱石と子規は同じ左利きで二人はこの意味でも気が合ったのかもしれない。

と書いている。ミザンスロピック病というのは、臨床医学的な用語ではない。漱石は子規への手紙の中でミザンスロピック病と書いているところがあり、厭世病、人間嫌いという意味を持つらしい。山崎は若者特有の衒いや気取りもあるかもしれないが、人間嫌いな面、人付き合いが苦手な面を表していると推察している。漱石の生い立ちをみると、養子に出された後、復籍するなど家庭事情は複雑である。今そのことには詳しく触れないが、漱石の心に深い悲しみを抱かせたのは否めないと思う。子規は、中学校時代には回覧雑誌を作

ったり漢詩の会を開くなど仲間との活動を好んでしていたが、幼少期には、父を亡くし生活も貧しく人付き合いが苦手だったようである。

また、左利きについては、母八重が子規の幼いころを語っている中に

(略) 年が行てからは直りましたが、小學校へ行つて居る頃は左手に箸を持つて御飯をたべるので、先生が叱るとか、友達が笑ふとか、云てお辨当を食べずに持つて戻りました。(略) 倅は小兒の時からおとなしく他家の兒のやうに、竹や木を持つて遊びませんでした。今考へますとそれは強い身體でなかつたからでせうかと思ひます。

とある。子規は、左利きでかなり苦労し、おとなしい内向的な面をさらに強めていたのではないだろうか。

私も、左利きで辛い思いをしてきた。小学校入学前に矯正されたが、左右がなかなかわからなくて本当に困った。「右手上げて」と言われて慌てると間違ってしまい、笑われたり、そのことでいじめられたりもした。必死で右手を使うようにし、字は書けるようになったものの左右の混乱はその後も長く続いた。そのことがコンプレックスを抱かせ、人間関係に対して臆病にさせたのは事実である。子規や漱石が自身の左利きによって、山崎が言うように程度の差はあれトラウマやストレスを感じていたのは否めないことだろう。

二人は、左利きであったことや人付き合いの苦手な部分などから、ものの感じ方が似ている面があった。それが、お互いの心を安心させ、引き付けあう力にもなったのだろうと思う。漱石が子規と性質が似ていると書いたのは、行動や言動の意味が直感的にわかるということではないだろうか。

寄席好きで性格の似ている二人の関係は、出会ってから急速に深まっていく。そして、正岡子規・夏目漱石という日本の近代文学において重要な業績を残す人物となっていくのである。その後の二人の関係を引き続き見ていきたい。

カハラナデシコ

② 漱石は畏友

子規と漱石は、明治二十二年（一八八九）一月大学予備門で、寄席好きや性格的に似た面を持っていたことなどから付き合いが始まったが、その後の二人の交友について見ていきたい。

子規は、明治二十二年（一八八九）五月に突然喀血した。その後、血を吐くように鳴く時鳥は、当時結核の代名詞のように言われていたことから、時鳥を表す子規という号を使うようになった。子規は、喀血の直前に短歌・漢詩・俳句などを編んだ「七葉集」を作り、友人たちに回覧して批評を求めていた。漱石は、漢文を添えて批評を返した。その時に初めて漱石と署名している。文学者としての正岡子規と夏目漱石のはじまりのようなエピソードである。「七葉集」に触発され、漱石はその年の八月、房総旅行を紀行漢詩文「木屑録」としてまとめ、子規に批評を求めた。子規は、「筆まかせ」（明治二十二年）の「木屑録」の中で

（略）余の經驗によるに英學に長ずる者は漢學に短なり（略）獨り漱石は長ぜざる所な

く達せざる所なし、然れ共其英學に長ずるは人皆之を知る、而して其漢文漢詩に巧なるは人恐らくは知らざるべし。故にこゝに附記するのみ

と書いている。英学ができる漱石については知っているだろうが、漢学もできる漱石は知らないだろうから、ここに書いておくというのである。漱石が漢文漢詩に巧みなことを子規は素直に驚いたのだろう。同じく「筆まかせ」の中の「交際」には、友人らの名前をあげ、子規にとってどんな友なのかを端的に表現した文章がある。例えば子どものころから一緒に遊ぶことが多かった従兄の三並良は「益友」と記している。漱石については「畏友」つまり尊敬する友人と書いている。子規が苦手だったらしい英語が得意であるだけでなく漢詩文もできる漱石に憧れの気持ちを抱いていたのではないだろうか。

子規と漱石は、多くの手紙のやり取りをしている。漱石は、二人の兄を結核で亡くしているこどもあり、子規の体を気遣う手紙もあるが、学校の試験など日常の出来事から文学の方法論まで様々に意見を戦わせ、信頼を深めていったようである。明治二十三年（一八九〇）八月に漱石は、子規への手紙に自身の自殺願望について書いている。

この頃は何となく浮世がいやになり、どう考へても考へ直してもいやで〳〵立ち切れず、去りとて自殺するほどの勇気もなきはやはり人間らしき所が幾分かあるせいならん

か。（略）既に息竭き候段貴君の手前はづかしく、われながら情なき奴と思へどこれも misanthropic 病なれば是非もなし。（略）小生箇様な愚痴ッぽい手紙君にあげたる事なし。かかる世迷言申すはこれが皮きり也。苦い顔せずと読み給へ。

自らの苦しい思いを misanthropic 病つまり厭世病ゆえといい、世迷言のようなこの手紙を皮切りとしてこれからも自分の苦しい気持ちを伝えていくので、よろしく頼むという率直な文章である。子規は、それを滑稽に絡めて返信している。

「この頃ハ何となく浮世がいやで〳〵立ち切れず」ときたからまた横に寐るのかと思へバ今度ハ棺の中にくたばるとの事、あなおそろしあなをかし

子規は、ふざけた体を装って漱石を励ますつもりだったのだろう。しかし、漱石はそれを受け止められる心の状態ではなかったようだ。

女祟《たたり》の攻撃昼寐の反対奇妙〳〵。しかし滑稽の境を超えて悪口となりおどけの旨を損して冷評となつては面白からず（略）

と返信しているのである。それに驚いた子規は、

御手紙拝見寐耳に水の御譴責《けんせき》状ハ実ニ小生の肝をひやし候。（略）君を褒姒視《ほうじし》するにハあらざれど一笑を博せんと思ひて千辛万苦して書いた滑稽が君の万怒を買ふたとハ実に恐れ入つた事にて小生自ら我筆の拙なるに驚かざるを得ず、何ハともあれ失礼の段万々奉恐入候。（略）

と返している。子規は、滑稽によって漱石を励まそうとしたつもりであったこと、それが通じなかったのは、自分の文が拙なものであったからだと反省し、率直に謝っている。その子規の率直で温かな気持ちを知ることで、漱石の苦しみの少しは和らいだのではないだろうか。子規もそれほど苦しい心の内を吐露した漱石に対してこれまで以上に深い友情を感じたことだろう。

その後、明治二十三年（一八九〇）二人は帝国大学に入学する。これよりそれぞれの道を歩むことにはなるが、交際は続いていく。

③　子規の死

子規と漱石は、明治二十二年（一八八九）大学予備門で出会い、趣味の寄席で気が合い、徐々に交友を深めていった。

明治二十三年（一八九〇）帝国大学に入学後の二人の関係はどのようなものであったのだろうか。

大学に入ってからの二人は、交友は続いたがそれぞれの道を歩み始める。明治二十四年（一八九一）、子規は、小説「月の都」を書き、幸田露伴に講評を仰いだが、よい評価を得られず、小説家の道を諦め、俳句の道に進むことを決意する。明治二十五年には落第し、大学を退学した。その年の十二月には、叔父加藤拓川の友人の陸羯南が社主である新聞「日本」に入社した。在学中から、俳話や紀行文の連載をしていたこともあり、入社後すぐに文苑欄の俳句欄を担当した。子規は、俳句を中心としたジャーナリストの道を歩むことになったのである。その後、明治二十八年（一八九五）、子規の体を心配する周囲の反対を押し切って日清戦争に記者として従軍した。その帰途に大量の喀血をして神戸病院に入院、続いて須磨の保養院で療養することになった。

その頃、漱石は、学業の成績が優秀で特待生となり帝国大学大学院に進んだ。卒業後、明治二十八年（一八九五）には、愛媛県の子規の母校でもある松山中学校に英語の教員として赴任した。神戸病院に入院している子規のことを知り、見舞いの手紙を出している。その中に「小子近頃俳門に入らんと存候。御閑暇の節は御高示を仰ぎたく候。近作数首拙劣ながら御目に懸候。」と書いている。子規の俳句の弟子にしてほしいというのである。俳句の道に進んでいる子規にとって、俳句の師として求められることが、病に立ち向かう気力となることを思ってのことだったのだろう。尊敬する友人である漱石の手紙は、大きな励ましになっただろう。

その後、漱石は療養を終えた子規に松山への帰省をすすめ、明治二十八年の八月から十月までの五十二日間漱石の下宿「愚陀仏庵」で共に過ごすことになった。「愚陀仏庵」では、毎日のように句会が開かれた。この句会には海南新聞社の社員である柳原極堂が参加していて、漱石の俳句は新聞に掲載され、漱石はまず俳人として知られるようになったのである。

帰京した子規は、すぐに、「俳諧大要」を新聞「日本」に連載し、文学論としての俳論を展開する。その矢先の明治二十九年（一八九六）に脊椎カリエスであることがわかり、その後病臥の生活を余儀なくされることになった。しかし、病と向き合いながら、俳句・短歌の革新に全力を注いだ。明治三十年には、「ホトトギス」を創刊し、三十一年に新聞「日本」に「歌よみに与ふる書」を発表し、『俳諧大要』の刊行など次々に行っている。しかし、その旺盛な文筆活動とは逆に、病状は深刻さを増していった。
漱石は、明治二十九年（一八九六）松山から熊本の高等学校へ転任している。明治三十三年（一九〇〇）には文部省から英国への留学を命じられ、出発前に漱石は子規庵を訪れている。これが最後の面会となった。その数か月後の明治三十四年（一九〇一）の十一月六日に、子規はロンドンにいる漱石へ最後となる手紙を書いている。

僕ハモーダメニナッテシマッタ、毎日訳モナク号泣シテ居ルヨウナ次第ダ、（略）君ノ手紙ヲ見テ西洋へ往タヨウナ気ニナッテ愉快デタマラヌ。モシ書ケルナラ僕ノ目ノ明イテル内ニ今一便ヨコシテクレヌカ（無理な注文ダガ）（略）僕ハトテモ君ニ再会スルコトハ出来ヌト思ウ。万一出来タトシテモソノ時ハ話モ出来ナクナッテルデアロー。実ハ僕ハ生キテイルノガ苦シイノダ。（略）

この手紙への返信は、その年の十二月、ロンドンでの生活を淡々と書いたものだった。子規の苦しさに応えるような手紙をどう書けばいいのか悩み苦しんだ漱石の結果だろう。その後、子規が亡くなるまで、漱石は手紙を書いていない。忙しさと書く種がなかったと後に書いているが、その頃の漱石は強い神経衰弱に悩まされていたために書けなかったのではないかと思う。子規の気持ちが痛いほどわかりながらも、手紙を書くだけの心のエネルギーがなかったのだ。漱石も生きることに喘いでいた。

　そして明治三十五年（一九〇二）九月十九日、子規は亡くなった。二か月後の十一月に届いた虚子の手紙でその死を知った漱石は、さぞ辛く悲しかったことだろう。手紙が書けなかったことも悔やまれたことだろう。

　漱石は、翌年の明治三十六年（一九〇三）一月に帰国した。その後、漱石は子規の死に向き合うことになる。

④ 子規を偲ぶ

漱石は、子規が亡くなった翌明治三十六年（一九〇三）一月に帰国した。同年二月には、子規の墓に詣でている。追悼の文章を起草したが中絶したようである。その時記した文がある。

（略）霜白く空重き日なりき。我西土より帰りて始めて汝が墓門に入る。爾時《そのとき》汝が水の泡は既に化して一本の棒杭たり。われこの棒杭を周る事三度、花をも捧げず水も手向けず、只この棒杭を周る事三度にして去れり。（略）

花も水も手向けることなく、墓標の白木の棒杭の周りを三回巡り帰ったという。子規がここにいる、しかし子規はもうこの世にはいないというその事実と向き合っていた。それ以上のことを思うことは漱石にはできなかったのだろう。最後まで追悼文を書くためには、漱石にとって子規の死を受け入れるための時間がまだ必要だったのだと思う。未完ではあるが大切な友である子規のいない寂しさが直に伝わってくる文章である。この文章にはさ

らに

汝は嘗て三十六年の泡を有ちぬ。生けるその泡よ、愛ある泡なりき信ある泡なりき憎悪多き泡なりき（一字不明）しては皮肉なる泡なりき

と書いている。子規を思えば、愛情も信頼も持っていた。時にぶつかり合い、憎悪することもユーモアが過ぎて皮肉に思えた事もあったが、その度に率直に自分の気持ちを伝えあい、深めてきた二人の友情であった。

漱石は、明治三十六年四月には、帝国大学の講師として勤務することになった。しかし、ロンドン留学中からの神経衰弱の症状がさらに悪化し、気分転換にと高浜虚子にすすめられ小説を書き始めた。それが、『吾輩は猫である』である。明治三十八年（一九〇五）に「ホトトギス」に掲載されると大好評を博し、明治三十九年には単行本として出版されることになった。漱石は、その中編自序に最後の子規からの手紙の全文を乗せ、作品を子規に捧げると記している。「序をかくときに不圖思ひ出した事がある。」という書き出しに始まる。ロンドンにいた時に、子規に送った「倫敦消息」の手紙が面白かったらしく、忙しいだろうがもう一度手紙が欲しいと書いてきた最後の手紙のことを記している。

此時子規は餘程の重體で、手紙の文句も頗る悲酸であつたから、情誼上何か認めてやりたいとは思つたものゝ、こちらも遊んで居る身分ではなし、さう面白い種をあさつてあるく様な閑日月もなかつたから、つい其儘にして居るうちに子規は死んで仕舞つた。

子規の気持ちは分かっていたが、書く暇がなかったと書いている。しかし、漱石は「此手紙を見る度に何だか故人に對して濟まぬ事をしたやうな氣がする」と書き、子規の手紙を待つ気持ちとは違い「忙しいから許してくれ玉へと云ふ余の返事には少々の遁辭が這入つて居る」と書いている。遁辞、つまり言い逃れ、逃げ口上の部分があるというのである。瀕死の状態にある子規の願いと比較すると、忙しいというのは言い訳でしかなかったというのである。しかし、実際のところ、ロンドンでの漱石は、かなりひどい神経衰弱の状態にあり、そのため手紙が書けなかったのだろう。そのことを正直に病苦の子規に書くことも憚られたため、手紙が書けなかったのだと思う。帰国後数年を経て、小説家としての道を歩みはじめた漱石は、ようやく手紙を待つ子規とその死に向き合う事が出来たのだ。

明治四十年(一九〇七)漱石は、すべての教職を辞して、小説を担当する記者として朝日新聞社に入った。そして、明治四十四年には「子規の畫」という小文を書いている。明治三十三年六月、漱石が熊本の高等学校へ赴任していた時に子規が手紙と一緒に送ってきた東菊の絵についての随筆である。

「余は子規の描いた畫をたつた一枚持つてゐる」ではじまる。

（略）東菊によつて代表された子規の畫は、拙くて且眞面目である。（略）ただ、畫が如何にも淋しい。出來得るならば、子規に此拙な所をもう少し雄大に發揮させて、淋しさの償としたかつた

と書いている。漱石は、手元に残していた子規の絵に、亡くなってから十年の時を経て向き合うことができたのだ。子規らしく豪快に自由に描いてほしかった、子規ともっと語り合いたかったが、その時間もなく逝ってしまった。そのことが何より淋しかったのだろうと思う。

子規は、漱石の中でずっと生き続けていた。

⑤ 子規の英語

子規は、英語が苦手だったと言われている。それを思わせる面白いエピソードを、芥川龍之介が書いている。

夏目先生の話に子規は先生の俳句や漢詩にいつも批評を加へたさうです。先生は勿論子規の自負心を多少業腹に思つたのでせう。或時英文を作つて見せると――子規はどうしたと思ひますか?恬然とその上にかう書いたさうです。――ヴェリイ・グッド!

英語では、漱石は自分の方が勝ると思っていたので、英文を書いてみた。思った通り、英語の苦手な子規はいつものような厳しい批評を加えることが出来ず、ヴェリイ・グッドと書いたという事のようである。しかし、日本文化の研究者であるドナルド・キーンは、著書『正岡子規』の中で

(略)子規は自分に英語の力がないことを、繰り返し述べている。子規研究家は一般に

この子規の言葉を事実として受け留めているが、子規の英語力は決して馬鹿にしたものではなかった。

と書いている。子規の英語、英語力は如何なるものだったのだろうか。

前述のキーンは、明治二十三年（一八九〇）、東京大学予備門（第一高等中学校）の時、歴史家のジェームズ・マードックの英語のクラスで、子規が英文で書いた文章「第一六世紀に於ける英国及び日本の文明の比較」の冒頭の一節を読むだけで、英語の力が手厳しいものではなかったことがわかるという。この英文は、マードックの薦めで雑誌にも発表され、同じ課題で書いた漱石の英文の次に載せられていることから、子規の英語の実力は、漱石の次に評価されていたのではないかとも推察している。

さらにキーンは、帝国大学に入学した二年後の明治二十五年（一八九二）に書かれた「詩人としての芭蕉」の英文では英語の間違いがほとんどなく、子規の英語がかなり上達していることがわかると述べている。

しかし、子規の英語の苦手意識が強かったのは事実のようである。「墨汁一滴」には、明治十七年、東京大学予備門の入学試験を受けた時、英語が特に難しく、試験中に同級生にわからない単語の意味を教えてもらったくらいで不合格は覚悟していたようだ。しかし、予想に反して合格したというのだ。そして、予備門に入学後「こんな有様で半は人の力を借りて入學して見ると英語の力が乏しいので非常の困難であつた」と書いている。子規は、数学を落第しているが、それは授業がすべて英語でなされていたからであり、数学ではなく英語で落第したと考えていた。私は、英語が苦手だからかもしれないが、予備門での英語のレベルはかなり高いレベルにあったのではないかと思える。授業がすべて英語というのは、今でもそんなに多くはないのではないだろうか。子規の力を考えれば、努力を重ねれば十分英語も獲得できただろうと思う。その努力をしなかったのはどうしてだろうか。

一つには、漱石の存在であると思う。漱石は、子規と同じく明治二十三年に帝国大学の英文学科に入学している。翌年には、成績優秀で特待生となり、ディクソン教授の依頼で「方丈記」の英訳をしている。在学中から、英語の講師をしていて、大学院卒業後も、英語教師、教授として勤めている。明治三十三年には、文部省から英語の研究をするように命じられ英国留学をしている。その経歴から見て、漱石の英語の力は特に秀でたものであったと考えられる。友人である漱石といて、あまりのレベルの差に諦めの気持ちを抱いたのかもしれない。

二つには、子規の病気である。明治二十二年（一八八九）に喀血している。その頃『墨汁一滴』にも脳が悪くなり試験が嫌になったと書いているが、体の変化・不調を強く感じていたのではないだろうか。帝国大学に入学して二年後には退学を決め、陸羯南が社主である新聞「日本」に入社している。この時、陸は大学を卒業してからではどうかと話したが、病気のため一刻も早く働きたいという子規の強い意思があったために入社を認めたようである。自分に残された時間を意識し始めた子規にとって、英語の勉強より、「俳句分類」の膨大な作業と研究から見出した俳句の革新などに直ちに取り組みたかったのではないだろうか。

また、英語も漢文もできる漱石を尊敬しつつも、負けん気の強い子規は、自分の得意なことで漱石と向き合いたかったのかもしれない。

子規と漱石は、互いに違った個性と才能を認め合い、影響し合いながら深い友情で結ばれていたのだと思う。

Ⅳ 子規つれづれ

① 月給四十円

『草花帖』の絵に心惹かれてから、子規の絵について深く知りたいと思い、本を読んだり、展覧会などを見学したりしてきた。その中で、子規、その人にふれるような心に沁みるものに出合った。それは、絵ではない。子規が生前に書いた墓誌文である。左記のように書かれている。

正岡常規又ノ名ハ處之助又ノ名ハ升
又ノ名ハ子規又ノ名ハ獺祭書屋主人
又ノ名ハ竹ノ里人伊豫松山ニ生レ東
京根岸ニ住ス父隼太松山藩御
馬廻加番タリ卒ス母大原氏ニ養
ハル日本新聞社員タリ明治三十□年
□月□日没ス享年三十□月給四十圓

明治三十一年（一八九八）七月十三日、子規は、碧梧桐の兄の河東可全へ書いた見舞いの礼状の中にこの墓誌文を同封し「コレヨリ上一字増シテモ餘計ヂヤ　但シコレハ人ニ見セラレン」と書き添えていた。始めの名前の處之助は、幼名で、四歳のころ、升と改めた。獺祭書屋主人は俳論を書く時の号で、竹の里人は短歌の号である。父と母のことを簡単に書き、新聞「日本」の記者であったことを記している。その次に享年を空白にして書いている。子規は残された命の短さを強く感じていたのだろう。そして、最後には日本新聞社での月給を書いている。私は、月給を書いていることに正直驚いた。一般的には墓誌には書かれないものではないだろうか。それもあえて最後に書いていることから、子規は月給のことを書き残したかったのだろうと思った。子規は、なぜ月給を書いたのだろうか。

「仰臥漫録」の明治三十四年（一九〇一）九月三十日に月給について長文を書いている。学生だった頃は、五十円くらいの給料があればいいだろうと思っていたようだが、現実は厳しかった。明治二十五年（一八九二）日本新聞社に入社した時の給料は十五円だった。社主の陸羯南からは、日本新聞社より給料のいい所に転職することをすすめられたようだが、新聞「日本」の在り方や陸のことが好きだったので、その気持ちは全くなかったようだ。とはいえ、生活は苦しく財布がからっぽで泣きたいこともあったと記している。さらに、

（略）余ハ斯クテ金ノ爲ニ一方ナラズ頭ヲ痛メシ結果遂ニ書生ノトキニ空想セシ如ク金

ハ容易ニ得ラルヽ者ニ非ズ　五十圓ハオロカ一圓二圓サヘ之ヲ得ル事容易ナラズ（略）
五十圓ナド到底吾等ノ職業ニテハ取レル者ナラズトイフコトヲ了解セリ

とある。子規は本当にお金の工面に苦労していて、家長として、家族三人の生活を守るためにどうしたらいいかいつも頭を痛めていたようである。それが

（略）今ハ新聞社ノ四十圓とホトヽギスノ十圓トヲ合セテ一ヶ月五十圓ノ収入アリ　昔ノ妄想ハ意外ニモ事實トナリテ現レタリ　以テ満足スベキ也

となったのである。新聞社からの月給が四十円、雑誌「ホトトギス」からの編集代として十円をもらうことになり、学生時代の五十円の夢を果たせたことを喜び、満足している。墓誌に四十円と書いているのは、墓誌文を書いたのが、明治三十一年であり、新聞社からの月給のみであり、ホトトギスからの十円は、虚子が東京で編集することになった明治三十二年以降となるからである。子規の医療費も必要な暮らしにとって、裕福とは言い難いだろうが、月給によって生活できることは、何より安心できることだったに違いない。

子規は、亡くなる前まで、「病牀六尺」を新聞に書いていた。病苦の中、書くことが生きる励みではあっただろうと思うが、「病牀六尺」を書くことが記者としての仕事でもあ

った。働くことは、給料がもらえることでもあったのだ。子規の父は、子規が五歳の時に亡くなっている。その後、母八重が苦労して育ててくれたことや妹律が献身的に子規の看病をしてくれていることなど思えば、家長として、金銭面で生活を支えることが自分の責任だと強く思っていたことだろう。墓誌文にあえて月給を書いたのは、病苦と闘いながらも、母と妹との暮らしを支えたという子規の自負、誇りの表現であり、生活者として諦めず最期まで生きた証であったのではないだろうか。だからこそ月給四十円は、子規の人生にとって重要な意味を持ち、残すべき大切な言葉だったのだと思う。

この墓誌文は、墓碑として子規の三十三回忌（昭和九年）に東京田端の大龍寺の子規の墓の傍に建てられた。銅板に自筆を刻んでつくられたが、二年後盗難にあい、昭和十一年に石板で建て替えられたという。私は、近代文学の革新者としての子規ではなく、月給四十円の子規の墓に近いうちに詣でようと思っている。

② 子規はやさしい

子規が、「藤野潔の傳」に古白の自殺は自分が従軍したことが一つの原因であると書いているということに私は強い衝撃を受けた。そう思うだけでも切ないことであるが、それを書き残すということはもっと辛く覚悟のいることだと思ったからである。古白への深い愛情が感じられ、「子規は本当にやさしい人だ」と思った。しかし、子規をよく知る高浜虚子や河東碧梧桐や伊藤左千夫らが、子規が冷たいと書いていたのを何かで読んだことがあった。彼らが、子規は冷たいと思ったことをみていきながら、子規のやさしさについて考えてみたいと思った。

左千夫は「竹の里人　一」の中で、子規の議論に勝とうと必死になる時の剣幕のすごさについて「骨にシミル様な痛罵を交じへられる、こんな時には畏しく悲しくなることがある、先生は一面に慥に冷酷な天性を持つてゐらるゝなど、感ずるのは如斯場合にあるのであッた。」と書いている。議論の場では完膚無きまでやっつけようとする子規だったようである。子規にとっては、ディベートのようであったのかもしれないが、激しい口調での物言いではあったようだ。左千夫は、自身も議論が好きなこともあり、議論好きの子規だからと捉えていて、議論以外の場ではそのようなことはなく暖かく気づかいのある人だと書いている。しかし、議論に慣れていない人にとってはその激しさに恐れをなしてしまい、子規から離れていくこともあったようである。

虚子と碧梧桐の思いは、碧梧桐の『子規を語る』の中に書かれている。彼らは、共に文学者となるため中学校を退学することを伝えた。その時、子規は卒業だけはするようにと忠告したようだが、二人は退学した。その後、子規から届いた手紙が、虚子は恐ろしかったというのである。脇付に敬意を表す語「足下」と書かれていた。これは退学したのだからもう立派な文学者だという強い皮肉の込められた表現であり、子規の怒りの強さと恐ろしさを感じさせるものであったという。その手紙に動揺している虚子に対して碧梧桐は「なアに、のぼさんはよくムカッ腹をお立てるけれな、随分ひどいこともお言いるぞな、そういうと何じゃが、のぼさんはあれでシンは冷たい人ぞな。ことしばらく一処にいて、つくづくそう感じたこともあるのよーと言って、そこがのぼさんのエライところかも知れんがな」と書いている。子規は、退学した二人の前途を思う時、自立することの厳しさを伝えたかったのだろうが、表現が激しいために恐ろしく感じさせたのかもしれない。どんなに相手の考えが正しかったとしても、自分の弱さを抉るような言い方をされると自分を守ろうとして反発したり、ただ畏れを感じたりするものである。しかし、虚子たちが、子規への恐れや反発があったにもかかわらず、その後もずっと子規と共に活動していたことを考えれば、言葉の激しさの向こうにある子規の彼らへの思いを感じ取ることができたのではないかと思う。

大江健三郎は、「子規はわれらの同時代人」の中で子規の優しさについて書いている。寒川鼠骨の入獄に関わる子規の短歌や俳句によってそう考えたようである。鼠骨は、子規と同様に日本新聞の記者であり、二十五歳の時に書いた社説が第二次山縣内閣への誣告罪に問われ、十五日間収監されている。その時に《獄中の鼠骨を憶ふ》と題する短歌を詠んでいる。

御あがたのおほきつかさをあなどりて罪なはれぬと聞けばかしこし
人屋なる君を思へば眞昼餉の肴の上に涙落ちけり

などがある。さらに鼠骨が出獄してくるのを迎えての俳句「いたわしさ花見ぬ人の痩せやうや」がある。

大江は、友への思いを真っすぐにあらわしたものであり、子規の心優しさが感じられるという。しかし「「優しさ」が氾濫して眼にも見えるほどの人間関係、それを反映したマス・メディア、そうしたものをごめんこうむりたいと僕としては思う。しかもなお僕は、あの終生戦闘的であった子規の心優しさについては、この言葉の正当な使用例として、ここに書きつけておきたいと思う。」と断りを書いている。見せかけの優しさではない、本物の優しさが子規にはあるというのだ。大江の優しさの正当な使用例としてという言い方はユニークであるが、そう規定するならば、私も躊躇なく賛成である。

子規は、議論をする時には、攻撃的にもの言うことがあっても、相手に激しく遠慮なくいうことがあっても、それは議論上のことであり、日々のかかわりでは、仲間に対して、寄り添う心を持った「やさしい人」だったと思う。

子規はやさしい。

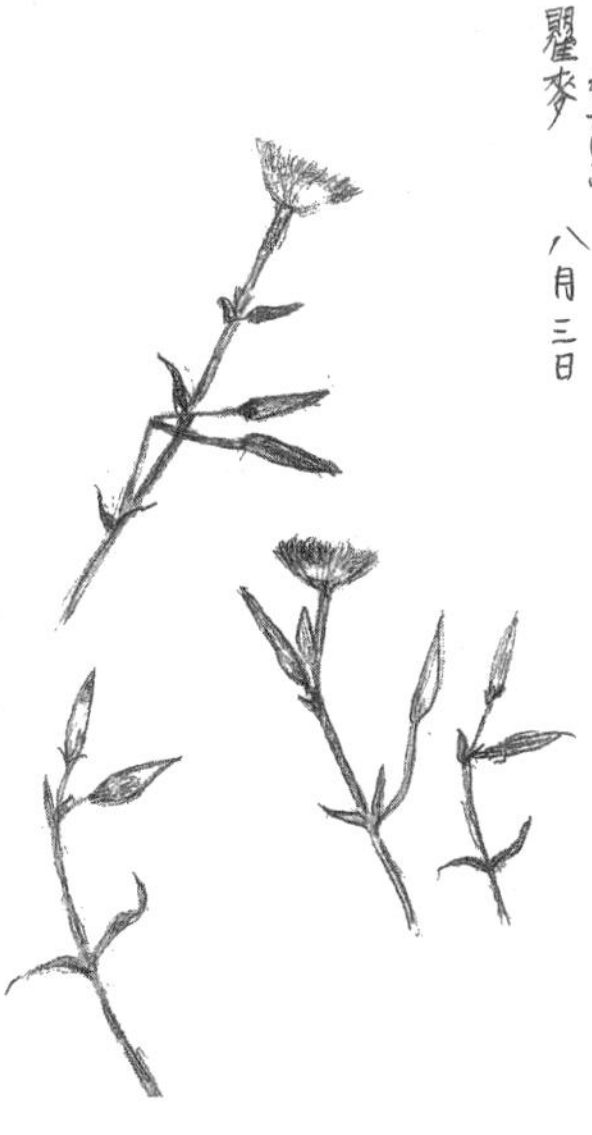

③ 子規は人が好き

子規に関する本を読んでいく中で、子規の周りにたくさんの人が集まるのは、人として魅力があるからだと思ったが、子規自身もまた人を求めている、人が好きなのだと思うようになった。そう思った理由が二つある。

一つは、子規が少年時代から、文学に関わるグループ活動を積極的に行っていたことである。一人で「俳句分類」のようにコツコツと膨大な作業に取り組むこともあるが、仲間と共に活動する場を数多く作り出している。十三歳の時、四人の友人と共に文章、漢詩、書画などを載せた回覧雑誌「桜亭雑誌」の発行にはじまり、「松山雑誌」「弁論雑誌」などを出している。さらに、漢詩の会「同親会」を結成し、一年間で百回ほどの例会を持ち、「同親会詩抄」として編集し、回覧している。また、同親会の中でも特に親しい仲間を五友と称し、「五友雑誌」「五友詩文」という回覧雑誌も作っている。「筆まかせ」の哲学の発足には同親会のことが書かれている。

明治十三年春に至りて竹村三並太田數子と同親吟會なるものをたて　毎金曜日の夜各人

の家へ集り詩稿を河東靜溪先生に見てもらひ　闘詩をなして甲の者が之を取ることと定め　學校の課業抔はそつちのけとして詩を勉強したりしが　もと〳〵詩が子供に出來る筈なければ上達の度は極めて遲遲たりき　此會は明治十五年の秋ごろまで續きたり（略）

漢詩が好きではあったのだろうが、五友の仲間と活動することが楽しかったのだと思われる。好きな漢詩の勉強をするだけなら、一人の方が集中しやすいだろう。しかし、子規は学校の課業をそっちのけでグループの活動に没頭していたのである。その後も、主なものだけでも、句会、歌会、蕪村句集輪講、山会など仲間との学びの場を作りだし、人と活動することを楽しんでいる。

二つには、子規が日清戦争の従軍記者として中国に赴き、その帰国の途中で大喀血したが、一命をとりとめ須磨保養院で静養していた頃のこと。闘病の子規の創作意欲を取り戻すきっかけになったのが、仲間の句会稿の添削であったことである。この句会稿は、「はれのひ」と題するもので、入院する子規を励まそうとして虚子たちが、書き送ったものである。虚子記念文学館報には

（略）七月二十三日から約一か月間、子規は須磨保養院にて、再生の喜びに浸っていました。その折、東京で子規の回復を待つ、鳴雪・虚子・碧梧桐・五洲・森々の五人が「は

れの日」と題する句会稿を子規宛に送付してくれます。子規は早速、懇切丁寧な句評を朱で添削して返送し、この「はれの日」を契機に、子規は創作意欲を取り戻しました。

と書かれている。自らの死を身近に感じた子規は、命のあることを本当に喜んだに違いない。しかし、病状が落ち着くに従って、病気の予後やこれまでのように記者として働けるのかなどの心配もあっただろう。身体の回復と反比例するように、大きくなる不安に苛まれていたのではないかと思う。その病床の子規に、虚子は文学への意欲と日常を取り戻すきっかけになればと句会稿を送ったのだ。子規は添削しながら、句会とその仲間の存在を感じることができただろう。虚子記念文学館でその句会稿の原本を見た時、朱墨を入れた子規の字が生き生きとしているのが印象的だった。書きながら仲間と共に活動している楽しさが甦ってきたからではないだろうか。仲間と共にまだまだやりたいことがあると強く思ったに違いない。仲間を思うことが、創作意欲に繋がったのだ。人と活動することが好きな子規がそこにはいる。

国文学者である坪内稔典は、

〈正岡子規は個人ではない〉。こんなふうに言ってみたい気分が私にはある。彼は日記や随筆で日々の動静を書き残しており、同時代の文学者の中では個人としての輪郭をかなり鮮明に残した人であるが、それでもなお、子規はいろんな人の複合体であったと見たいのである。たとえば家庭における子規。そこでは彼は、母と妹とほぼ複合的に存在していた。母と妹は一家の働き手である彼を支えるために力を尽したし、彼もまた二人の存在に支えられて働くことができた。（略）

と書いている。

家族や仲間に支えられ、生きた子規であった。坪内の〈正岡子規は個人ではない〉という表現に納得しつつ、今の私には「子規は人が好き」という表現がぴったりとくる。人が好きで人と繫がることで俳句や短歌の革新を病臥の身でありながら、為しとげることができたのだと思う。

④ 子規の気質

子規の絵は、画家の描いたものとは異なるが、目の前の対象を何とか描こうとしているひたむきさや情熱が感じられて心惹かれる。子規の表現に見られる情熱やひたむきさは、どこから来るのだろうか。

長谷川櫂は、『子規の宇宙』の中で、子規の資質について、次のように述べている。

子規の随筆を貫いているのは率直という一事である。相手がだれであれ、賞賛すべきは賞賛し、批判すべきは批判する。他者ばかりではなく、子規の筆は動植物にも自分自身にも及ぶ。そこには嘘偽りというものがない。それは子規がそう努めているのではなく、子規の資質がそうさせてやまないのだ。こうして随筆を書くとき、子規は自由自在にみずからの大分を発揮する。

私の感じる子規のひたむきさは、この嘘偽りのない、率直という資質によるものだと思う。精神科医の斎藤環は、「宿命としての「写生」」の中で、子規の気質について述べている。

気質とは、広辞苑では、個人の性格の基礎になっている遺伝的・生物学的な一般的感情傾向または性質であると書かれている。資質というのは、性格に近い意味あいを持つものである。気質は、性格よりさらに深い身体レベルでその人の生き方に影響を及ぼしている傾向を指す言葉である。ドイツの精神病理学者、エルンスト・クレッチマーが提唱した概念である。クレッチマーは、人間を循環気質、分裂気質、粘着気質の三つに分類し、それぞれの気質を病理として、躁うつ病、分裂病、てんかんに対応させている。斎藤は精神科医の杉林稔が、子規の気質を中心気質だったという仮説を提唱していることを紹介している。中心気質というのは、精神科医の安永浩がクレッチマーの分類に加えて、類てんかん気質を含みつつ拡大した概念として提唱したといわれているものである。中心気質は、安永によれば、〝自然児的〟な面、生物学的規定面が比較的優越しているという点が第一にある。その精神生活は本能的、身体感覚的快、不快に左右されている面が大きく、平均的子どもの天真らんまんといったタイプと考えればよいとしている。子どものように嬉しいことも悲しいこともはっきりしていて、おおらかで本能のままに動いていくタイプであるということだろう。

私は、この気質の特徴を読んだ時、子規の西洋画と日本画についての中村不折との議論のことを思い出した。初めは、「當時余は頑固なる日本畫崇拝者の一人にして、（略）油畫につきては絶對に反對し其沒趣味なるを主張してやまざりき」（「墨汁一滴」）と思っていたようだが、長い議論の末、不折のいう西洋画の写生論に納得できた子規は、「而して後に洋畫を觀る、空氣充滿し物々生動す」（「病牀譫語」）とまで言い切っている。これまでの考えや立場、体面などにこだわることなく、受け入れることができるのである。納得できる・わかることが嬉しくて、驚くほどこだわりなく自分の考えを変えることができる。子規の物事の理解の仕方は、論理的であり、且つ本能的だと感じる。これは、長谷川の言う率直さという資質に通じるものだと思う。斎藤は、前述の文章の中で次のように締めくくっている。

少なくとも「写生」は子規の自意識や自己愛の産物などではなく、むしろ彼の身体性に根差した表現だった。その思想は子規を解放したが、同時にそこには「これしかない」という必然性の感覚もあったはずだ。自由さがもたらす必然性の感覚を、人はしばしば「宿命」と呼ぶ。「写生」は子規の宿命だった。

子規にとって、自分の感動を表現するには、写生の技法がぴったりだった。「写生」という表現方法は、対象との距離の近さや、対象に一体化しやすい特質を持つと言われる中心気質の子規にとっては、違和感のないことだったのだ。つまり宿命だったというのである。だからこそ、写生を取り入れた文学の革新に、病苦や批判の声と戦いながらも「これしかない」という確かな感覚・確信を持ち、その活動を最後まで揺らぐことなく続けることができたのだろうと思った。

最後に、一般的に中心気質の人は、画才に恵まれていることが多いそうである。子規が絵を描くことが好きだったこととも合致する。最期の時を、草花などの写生をしたのも、子規の心と体が、描くことを強く求めていたのかもしれない。

子規の気質が、最期までひたすら文章や絵をかき続けていく大きな力の源であった。

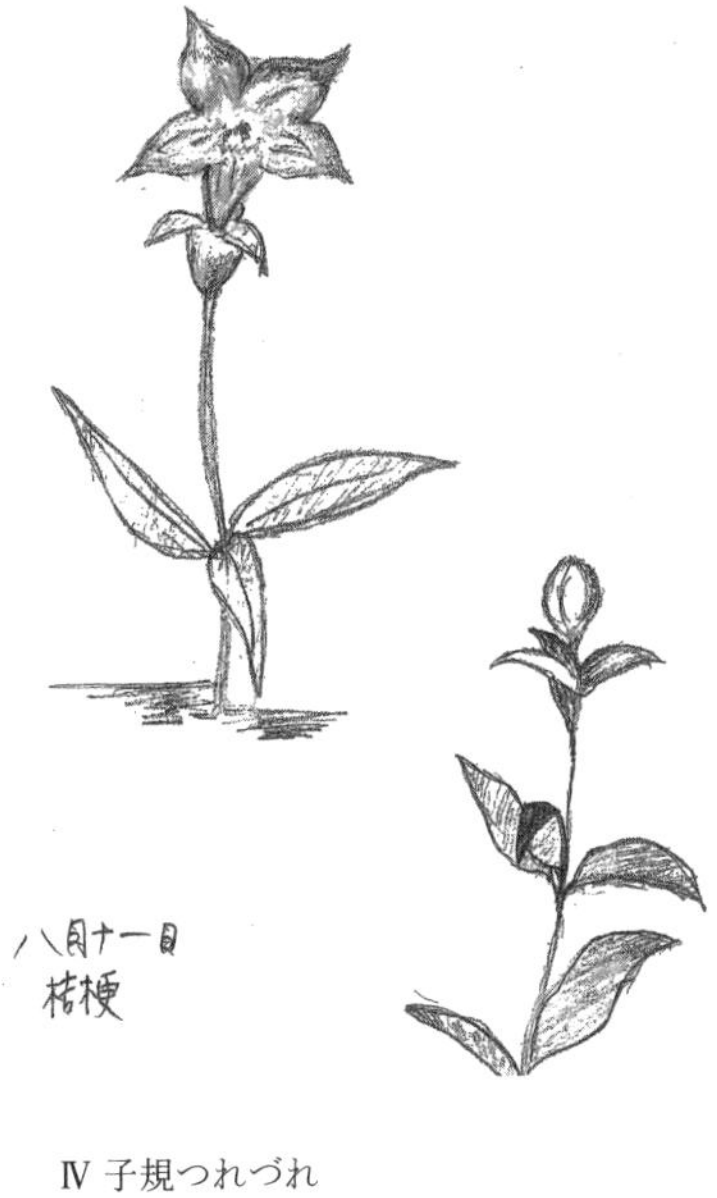

⑤　アイデンティティーの危機

子規は、明治二十八年（一八九五）虚子に自分の後継者になってほしいと頼んだが断られている。子規は大いに失望したが、その後も二人の関係は変わらずに続いた。それを知った時、不思議に思った。子規にとっても虚子にとっても、重大なことであるからこそ多少のわだかまりは残るだろうし、今までとは違う少し距離を置いた付き合いになるものではないかと思ったからである。

しかし、虚子は、子規が亡くなった時、母八重から

升は清さんが一番好きであった。清さんには一方ならんお世話になった。

と感謝されている。子規はずっと虚子が一番好きだったというのだ。

さらに、虚子自身も後継者を断った後の子規の心情について次のように述べている。

（略）余を唯一の後継者とする考は其時以来全く消滅したのであるが、併し門下生の一

人として出來るだけ之を引立てようとする考は以前と少しも變るところは無かつた。余はいつも其事を思ひ出す度に人の師となり親分となる上に是非缺くことの出來ぬ一要素は弟子なり子分なりに對する執着であることを考へずにはゐられないのである。たとへば其は母が子を愛するやうなものである。（略）

子規は母が子を愛するように虚子やその仲間を大切にしていた。どんなことがあっても、切り捨てない愛と執着を持っていたというのである。後継を断った虚子に対しても、子規が以前と変わらない態度で接したことで二人の関係は変わりなく続いたのだと思う。しかし、後継者を頼むことも断ることも共に大きな決断であり、子規の落胆も虚子の苦しみもどれほど大きかっただろうかと想像する。二人はその苦しみをどのように乗り越えていったのだろうか。

この時の二人の精神的な状況を大江健三郎は、「子規はわれらの同時代人」の中でエリクソンのアイデンティティーの危機という視点で書いている。アイデンティティーの危機というのは、「自分は何なのか」「自分の生きる意味は何か」などについて悩む心理的な危機状況の中、どのようにこれからを生きていくかを決定する分岐点に立つことである。虚子について、大江は子規からのその「共同体」の後継者たることをもとめられて、それを拒む、しかも自分には学問をする気はないと、子規の文学と文学運動への信条の核心に関わって、それを拒否する。そして、その行為によって自分が束縛から解放され、五体が天地と一緒に広がったと感じる。それはまさに青年の「アイデンティティーの危機」の、勇敢な突破とその成果の印象ではないか？

とまとめている。虚子は青年のアイデンティティーの危機の状況にあり、後継者を断ることで、その束縛と重責に押しつぶされそうな個人の危機を乗り切ったというのである。虚子は、自分らしく生きるために後継者を断るという選択をしたのだ。子規については、

その虚子に自分の作り出した「共同体」を託することをあきらめることで《今迄でも必死なりされども小生は孤立すると同時にいよ〳〵自立の心つよくなれり》と覚悟するに到った子規も、この出来事をつうじてその中年の「アイデンティティーの危機」を乗り越えたのだ。

としている。虚子を後継者にすることができたら、子規は、自分の作り出した文学の共同体の継続と発展ができると考えていたのだろう。しかし、虚子に断られ、命ある限り、自

らが最期まで頑張ってやっていこうと決意した。それによって、子規の中年のアイデンティティーの危機を乗り切ったというのである。虚子の意志を認め、後継者とすることを諦め、自分に残された時間を俳句や短歌などの革新に取り組むことにしたのである。その大きな決断によって二人は、それぞれのアイデンティティーの危機を乗り切ったのである。もし、虚子が自分を偽って後継者になっていたとしたら、自信を失い焦燥感に苛まれ、自分を見失っていたかもしれない。子規は、虚子の後継をあきらめ、自分が最期まで俳句の革新を進めるという強い意志を持ったことで、アイデンティティーの危機も病苦さえも乗り越えて生きることができたのだと思う。子規も虚子も厳しい決断であったけれど自分らしく生きることを諦めなかったことが、その後の二人の生き方を支え、共に文学の道をかけがえのない仲間として生きることができたのではないだろうか。母八重が言うように、子規が一番好きな清さんとして共に歩んでいくことになったのだと思う。

⑥　健康の絶頂で

中野重治は「子規の健康」という文章の中で

ただ私は、子規が健康の絶頂に死んだように思うことがある。そう思って、そんな状態で死なねばならなかった子規を考えて言葉につまる思いをすることがある

と書いている。

子規は、脊椎カリエスで体にいくつも穴が開くという病苦に苛まれながら生きていた。健康というイメージからは程遠い。しかし中野氏は、ドイツの詩人ハイネが晩年病臥に長くあって肉体と共に精神も病んでいたことと比較して、子規は病気に苦しみながらも、精神的には健康であったと捉えている。だから、子規が、文学者として一番いい時に死んでいった無念さを思って「健康の絶頂に死んだ」という表現をしたのだと思う。

子規が、精神的には健康であったというのはどういうことだろうか。

中野は子規の強健さを「仰臥漫録」の十月十三日の自殺を考えたが、それを堪えた心情

が細かに記されている文章から窺えるとしている。その文章について

（略）鳴りわたるような叙述は、認識においても表現においても強健無比、大綱のものであってはじめて可能だったものなのにちがいない。当今のわれわれは、ほとんど恥死ななければならぬのかも知れぬと思う。

とまとめている。私は、「仰臥漫録」のその日の文章を読んだ時、子規の病苦がいかに大きいものであったかを改めて感じさせられたが、それ以上に文章が感情的ではなく客観的に冷静に自己の内面を見つめていることの方に感銘を受けた。死を考えるほどの苦しさの中にあって、人は子規のように冷静に自己を見つめ、その上言葉として表現できるものだろうかと思ったからだ。そのことを中野は、「強健無比、大綱のものであってはじめて可能だったものである」、つまり子規だからこそできたことであるというのである。中野のこの考えに賛成し、大江健三郎は、「子規はわれらの同時代人」の中で、次のように書いている。

子規はさけがたくまじかに《ママ》迫ったものとして、その死を見すえているのだが、しかし兆民がそうしたように（あるいは子規がそう読みとって批判したように）、自分の現在を、死

の側に力点を移した上での、「一年有半」の猶予期間とみなしたのではかなった。子規はつねに生の側にありつづけた。

中江兆民の『一年有半』というのは、兆民が喉頭癌で一年半の余命宣言をされたことから、生前の遺稿としてまとめられたものである。子規は、これに対して「病牀六尺」で「兆民居士が一年有半を著した所などは死生の問題に就てはあきらめがついて居つたやうに見えるが、あきらめがついた上で夫の天命を樂んでといふやうな樂むといふ域には至らなかつたかと思ふ。」と書いている。そのことを踏まえて、大江は病苦にあっても子規は生の側にありつづけたと書いたのだ。

子規は、大学を中退して、新聞「日本」に入社した。社主の陸羯南に大学を卒業してからでいいのではないかと助言されたが、肺患で前途を急ぐから是非入社させてくださいと言ったらしい。病気と共に生きていくことを覚悟した生活の始まりである。明治という新しい時代に、多くの希望を抱き上京した子規にとって病気はそれを断ち切るような出来事であったに違いない。しかし、子規は、嘆き苦しむところに長くとどまらず、今できることをやり切ろう、今の自分の命を楽しんで生きようとした。その積極的な思考力・行動力こそ、子規の強健さであり、健康であるという事なのだろう。

司馬遼太郎は、「松山の子規、東京の漱石」の中で子規は自分の暮らしの手ざわりの中から、リアリズムをつくりあげた。いちばん頭が冴えていた、輝いていた時期は、病床の七年間でした。寝たきりです。部屋からちょっとした庭を見たり、塀の向こうを見たりすることだけが、彼の天と地のすべてでした。そこから全世界、全宇宙を写しあげていこうとする人だった。

と書いている。子規が病苦に苛まれながらも書き続けていた時が「一番冴えていた」というのである。中野の「健康の絶頂」という表現と同様の意味を持っているのではないだろうか。さらに司馬は、「自分の寿命があと三分あるなら、三分の仕事をしたほうがいい。子規はそういう人でした。」とまとめている。

生きることにおいて、子規は飛び切り健康であったということだろう。

⑦「小日本」時代

子規は、明治二十五年（一八九二年）新聞「日本」に入社し、主に文芸欄を担当していた。明治二十七年には子規は、その「日本」が、家庭向けに発行した新聞「小日本」の編集主任になった。しかし、「小日本」は二月十一日の創刊から五か月余りで廃刊となった。極めて短期間であった。それにも関わらず、新聞社の同僚であった古島一雄は「正岡といふやつの一番得意の時は「小日本」時代だった」と回想している。

子規にとって「小日本」はどのようなものだったのだろうか。

明治二十二年の「日本」の創刊当時、政府は条約改正に取り組んでいて、裁判官に外国人を任用するという条項が含まれていることがわかり、反対運動が起こった。その中心的な働きをしたのが、新聞「日本」であった。その後も、政府の対策や政治姿勢について批判的な論を展開していたので、内閣より発行停止の処分を何度も受けることになったようである。「小日本」は、「日本」がたびたび政府により発行処分を受けていたので、それに備え、さらに新しい読者層を開拓することを考えて発行されたものだった。子規は入社して一年ばかりであったが「小日本」の編集主任を任されたのである。子規を推したのは、前述の古島であった。

僕は子規にやらせようと言つた。その時、陸は首をひねつた、若いぢやないか。新聞の主宰をすることはどうだかな。（略）正岡以上の者はない。あいつは何でも知つてゐる。兎に角やらせよう。併し論説は無理だ。論説はおれが書く。そこでおれは日本新聞社から毎日一時間づつ行つて子規と机を竝べてゐた。

とある。古島が子規を推したのは、一般の文筆家とは違い常識があって偏していないことや時事問題を俳句に応用できる手腕を認めたことによると言われている。子規の文学的な才能については、社主の陸も古島も認めていた。入社前から、新聞「日本」に紀行文「かけはしの記」や俳話「獺祭書屋俳話」などの連載の執筆を任せていたことからも窺える。子規は、「小日本」の編集主任として、水を得た魚のように生き生きと働いた。その様子を古島は

元來血に啼く子規と自ら號した肺結核と云ふ大病を有して居る蒲柳の質である、然るに日々の小説を書くのみならず材料の取捨から原稿の檢閲、扨《とつ》ては繪畫の注文募集俳句の撰擇、或時は艶種の雜報まで自らの筆を把て朝から夕まで孜孜として倦まざる君の勉强

力には驚いた。

と書いている。蒲柳の質、つまり虚弱な体質であるにもかかわらず、子規は、紙面の編集や企画、連載小説の執筆交渉、文芸記事の執筆など多岐にわたる仕事をこなしていたのである。入社一年の子規がそこまでできるとは古島も思っていなかったことだった。子規の勉強力に驚いたというのは、率直な気持ちであったのだろう。しかし、子規は少年時代から回覧雑誌を作っていた。明治十二年の回覧雑誌「桜亭雑誌」では、その奥付の社長人、編集者、書記長の名がすべて子規の号である桜亭仙人と書かれている。その頃から子規は、雑誌などの編集企画について興味があり、ジャーナリスト的な才能を持っていたと考えられる。子規にとって「小日本」は自らの才能を遺憾なく発揮できる最高の場であったのだと思う。虚子は、当時の様子を次のように書いている。

居士も瓢亭君も殆ど全力を上げて小日本に盡してゐた。何にせよ記者は此二人を中心にして他に二三人あるか無いか位なのだから其骨折りといふものは一通りでは無かつたやうである。（略）居士は朝起きると俳句分類に一時間許りを費し、朝寝坊であつたから間も無く出社、夕刻、或時は夜に入り帰宅。床の中に這入つてから翌日の小説執筆、十一時、十二時に至りて眠るといふやうな段取りであつた。

しかし、子規の頑張りにも関わらず新聞社の経営状態は悪化し、わずか五か月で廃刊となったのである。子規の失望の大きさは計り知れないが、短期間ではあっても古島の言うように子規にとって「小日本」は才能が存分に発揮できた得意の時代であったのは間違いないだろう。

そして、「小日本」で培われた力は、子規にとって、その後の新聞「日本」や雑誌「ホトトギス」の編集・企画などに生かされ、子規の俳句や短歌の革新の原動力になったと考えられる。

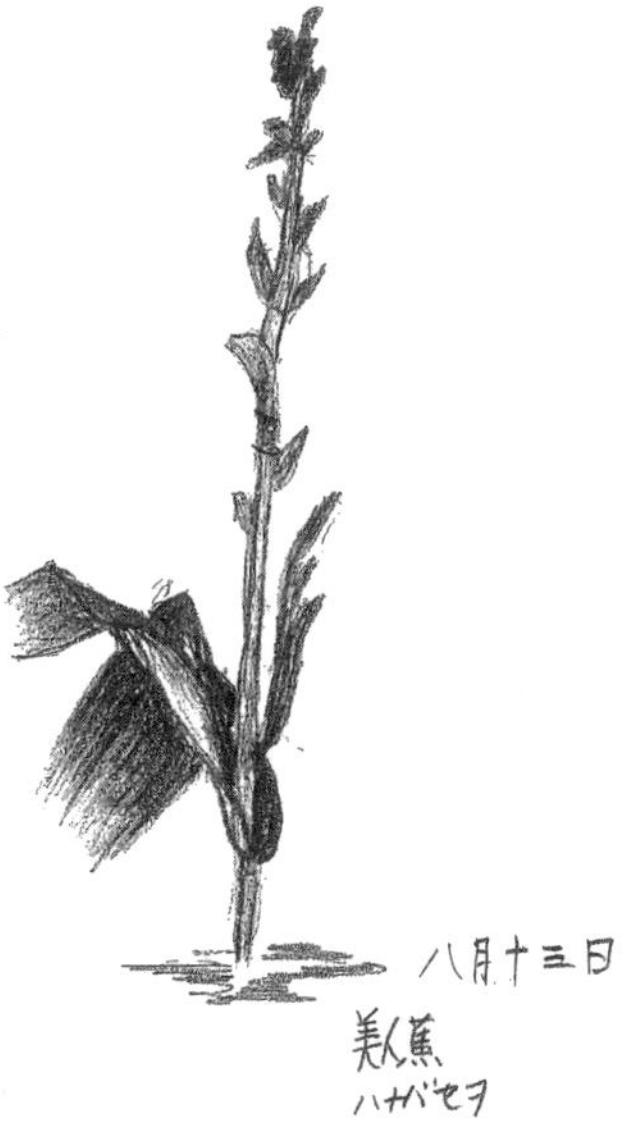

⑧　子規の恋

私は、病苦と向き合いながら、最期まで生の側に立って楽しく生きようとした子規に魅せられてきた。その子規は、病気のため恋も結婚もせず、一生を終えたと思っていた。だから、子規の恋については、あまり考えることはなかった。子規に恋心があったことは、碧梧桐の回想や恋に関する子規の小文などから推察できたが掘り下げてみることはしなかった。

しかし、司馬遼太郎の「渡辺さんのお嬢さん――子規と性について」を読んで、子規自身は、恋や結婚などについてどのように考えていたかに興味を覚えた。

子規はどのような恋をしていたのだろうか。

司馬は、子規は女性に無感動だったわけではなかったという。例として「仰臥漫録」に来客の女性と応接している間に排便があったらどうしようと思ったことについて触れている。弟子や妹律については、排便があっても平然としているのに、女性客に恥ずかしさを感じていたというのだ。その女性が帰ってから、男女ノ來客アリシ故此際ニ例ノ便通ヲ催シテハ不都合イフベカラザル者アルヲ以テ余ハ終始安キ心モナカリシガ終ニコラエオホセタリ　夜九時過衆客皆散ジテ後直ニ便通アリ　山ノ如シ

と書いている。山の如き排便をしたというオーバーでおかしみのある表現は、女性への羞恥心の裏返しだろうと司馬は指摘している。私も若いころ、異性と話している途中で、何となく恥ずかしくてトイレに行くことをなかなか言い出せずに我慢したことがある。それと似通った心情だろう。

さらに、司馬は「病牀六尺」にある「渡辺さんのお嬢さん」という文章について書いている。二人の男に伴われ、渡辺さんのお嬢さんが子規に会いに来た。彼女については評判も聞いていたが想像以上に品がよく、子規の理想に近い。子規は、そのお嬢さんを気に入り子規がもらい受けることになった話である。子規の恋、結婚と読めるが、最後に「お嬢さんの名は南岳艸花画巻」と種明かしがある。南岳の草花の画巻を子規がほれ込んだ様子を擬人化して書いたものである。この画巻は、本所弥勒寺の住持丁堂和尚の所有の品であったが、譲ってもらうことができず、碧梧桐が、子規の死後返却するので、せめてそれまでは自分のものと思わせてやりたいと頼んで借りたものである。子規はその事情を知らず、「病牀六尺」には、予が所望したる南岳の艸花畫巻は今は予の物となつて、枕元に置かれて居る。朝に夕に、日に幾度となくあけては、見るのが何よりの樂しみで、ために命の延びるやうな心地がする。

とあり、司馬はあわれをそそられると言いつつ「かれがもし妻子をもったとすれば、感情もくらしもいちいちそのほうに拘泥して、私どもが恩恵をうけている文芸改革の事業はなかったかもしれない」と書いている。私は、文学の偉業から考えれば司馬の指摘通りかもしれないが、病苦に苛まれて、生きることさえ辛かっただろう子規に恋する人がいたらと思わないではない。子規に恋心があり、あこがれがあったことがわかり、何故か嬉しい。「病牀六尺」に「病氣の境涯に處しては、病氣を樂むといふことにならなければ生きて居ても何の面白味もない。」と書く子規には、実際に恋ができないにしても、想像するだけでも楽しいことだったのではないだろうか。

では、子規に本当の恋はなかったのだろうか。俳人の日下徳一は、「はま子　日赤看護婦」の中で看護師の加藤はま子のことを書いている。はま子というのは、明治三十年六月末から一か月ほど、派遣看護師として子規の看護をした人である。叔父の加藤拓川が子規の病状のあまりのひどさに驚き、雇ってくれたのである。そのはま子が、派遣を終えた後、流産したと人伝てに聞いた子規が、見舞いの句を送ったことから、子規の子ではないかという噂が子規の没後に流れたそうである。母八重も妹律も、子規の病状から強く否定したことから騒ぎはおさまったらしい。しかし日下は、「妹の律以外、身近に若い女性のいなかった子規にとって、短い期間とはいえ、はま子に看護されるのは幸せだったにちがいない。」と書いている。病牀六尺の生活をする子規にとって、はま子は当時二十歳でなかなかの美人だったらしいから、恋心を抱いたとしても不思議なことではないだろう。

病苦に苛まれながらも、子規は恋心を持ち、恋を楽しんで生きていた。

⑨ 新聞「病牀六尺」を支えに

子規は、亡くなる二日前まで、「病牀六尺」を書いていた。しかし、病状は大変厳しいものだった。「病牀六尺」の九月十二日には

支那や朝鮮では今でも拷問をするさうだが、自分はきのふ以來晝夜の別なく、五體すきなしといふ拷問を受けた。誠に話にならぬ苦しさである。

その翌日には、

人間の苦痛は餘程極度へまで想像せられるが、しかしそんなに極度に迄想像した様な苦痛が自分の此身の上に來るとは一寸想像せられぬ事である。

と書いている。子規が亡くなる一週間ほど前のことである。モルヒネも効かなくなったようで、どれほどの痛みだっただろうかと思う。「病牀六尺」には、「病氣の境涯に處しては、

病氣を樂むといふことにならなければ、生きて居ても何の面白味もない」とあり、病苦の中でも、楽しむために書き続けていたと言われている。しかし、あまりの苦しさに投げ出したいとは思わなかったのだろうか。

子規には、どんなに苦しくても書き続けたいという強い思いがあったようだ。

「命のあまり」には

（略）併し、其小苦痛の爲めに病氣の大苦痛は忘られて居る事が多い、よし自分に書く時の苦痛は如何に強くても、其苦痛の結果が新聞雑誌などの上に現れる時の愉快は、能く書く時の苦痛を銷《け》すに足るのである。

と書かれている。書くことの苦痛はあっても、書いている時は、激しい病苦は忘れられるというのだ。また、書くことの苦痛も、新聞に載った自分の記事を見ることができれば、消してしまうことができる程であるというのだ。。子規が新聞に「病牀六尺」の記事が載ることをどれほど、楽しみにしていたかが伝わってくる。

その子規の心情がよくわかるエピソードがある。「病牀六尺」の記事を同僚の古島一雄が病状が悪化した子規に無理をさせないようにと思い、新聞に載せなかったことがあった。その時、子規はすぐに古島に手紙を書き送っている。

僕ノ今日ノ命ハ「病牀六尺」ニアルノデス　毎朝寐起ニハ死ヌル程苦シイノデス　其中デ新聞ヲアケテ病牀六尺ヲ見ルト僅ニ蘇ルノデス　今朝新聞ヲ見タ時ノ苦シサ　病牀六尺ガ無イノデ泣キ出シマシタ　ドーモタマリマセン　若シ出來ルナラ少シデモ（半分デモ）載セテ戴イタラ命ガ助カリマス　僕ハコンナ我儘ヲイハネバナラヌ程弱ツテキルノデス

「病牀六尺」が新聞に載っているのを見ることで、命が助かりますという。嬉しいというのではない、命が助かるというのだ。あまりに率直で切ない言葉に心打たれる。子規の病状は生きていることとの方が不思議なくらいのようであったと言われているが、その命をつなぎとめていたのが、自分の書いた「病牀六尺」が、新聞に載っているのを見ることだったのだ。毎日の新聞の「病牀六尺」の記事によって子規は生かされていた。命は一日一日と繫がれていたのである。「病牀六尺」を書くことは、今自分はこうして生きているということであり、それを伝えるメッセージでもあったのだろう。新聞の向こうで記事を読んでくれている人がいる、それを感じることが、子規を明日も生きて書こう、書きたいと思わせたのではないだろうか。書くことも楽しいが、それ以上に読んでくれている読者を思えば、どんなに苦しくても最期まで書き続けたいと思っていたのだと思う。

子規は、人が好きだ。十二万句の古俳句を十年以上も一人で「俳句分類」するような職人気質のようなところも持っているが、人と共に、何かを作っていく作業が何より好きだった。少年の頃から仲間たちと雑誌を作り回覧したり、句会や歌会などを催したり、共同の学びの場を様々に作りだしてきた。自分自身を師として存在させるのではなく、その仲間の一人として共に学ぶことを楽しんでいた。その仲間たちといる空間が子規を元気にしてくれたのだ。最期まで虚子をはじめ多くの仲間たちが病床の子規の周りにいて共に学び、看病し、励まし支え続けていた。そして、新聞の「病牀六尺」の読者もまた、子規にとって命を支えてくれる大切な仲間だったのではないだろうか。子規の今日を生きる気力を生み出す大きな存在であったのだと思う。

最期まで書き続けた子規には「病牀六尺」の向こうの読者の声が聞こえていたのかもしれない。

最後に

子規はなぜ絵を描いたのか

私は、初めて子規の『草花帖』を見たとき、なぜか強く心惹かれた。それが子規に興味を持ったきっかけだった。以来、子規について気になったこと面白いと思ったことなど思うままに書いてきた。そして、子規に関する文章の一区切りとして、子規はなぜあの病苦の中で絵を描いたのかを考えてみたいと思う。というのは、私自身が、この間に癌を患い、病や死ということを身近に感じたこともあり、子規が死に至る床の上で『草花帖』などの絵をひたすら描いた心のありように思いが及ぶからである。

子規は、明治二十九年（一八九六）リュウマチだと思っていた病気が、脊椎カリエスだと診断された。骨が結核菌によって腐っていくという病気で、当時は不治の病であった。その時のことを、子規は、虚子への手紙に、告知された時「醫師に對していふべき言葉の五秒間おくれたるなり」と書いている。覚悟はしていたものの、その時一瞬驚いて言葉が出なくて黙ってしまったということだろう。私も予想はしていたものの、癌の告知を受けた時は、ショックが大きく、病状の説明から手術の方法や日程など次々に話す医師の言葉をどこか他人ごとのように聞いていたことを思い出す。さらにその手紙の中で、「世間大望を抱きたるまゝにて地下に葬らるゝ者多し　されども余レ程の大望を抱きて地下に逝く者ハあらじ」と書いている。子規は、俳句、短歌の革新に始まり、明治という新時代の文学を創造するという大望を抱いていた。それが、やり遂げられないまま命が尽きる無念さと悲しみが伝わってくる。しかし、子規はその思いに長く留まることなく、残された時間の中でやるべきことを考え次々に取り組んでいった。まず、その業績を簡単に見ていきたい。

子規の俳句の革新は、明治二十五年（一八九二）六月に新聞「日本」に「獺祭書屋俳話」という俳論を発表したことに始まる。月並み俳句の打破を目指したものである。その後、日本新聞社の社員となり、文苑欄を担当し俳句募集を始めた。これによって、俳句革新の基盤が確立し、俳句を詠む人々が徐々に増え、後に各地に多くの結社が作られていった。日本派と呼ばれる子規の一派が文壇の新勢力となっていったのである。また、古俳句の研究を進め、自らも多くの俳句を作り、写生を中心にした新俳句の理論の構築に努めた。二つ目の俳論となる『俳諧大要』では、俳句は文学であると主張し、近代俳句の方向性も示した。明治二十九年の脊椎カリエスの診断以降も、俳句雑誌「ほとゝぎす」を創刊し、蕪村の俳句の評論など新俳句の発展のために取り組んでいった。明治三十一年（一八九八）には、俳句革新に一定の目途が付いたこともあり「歌よみに与ふる書」を書き、短歌の革新にも乗り出した。その後、新文体となる写生文の提唱を行い、明治時代以降の新しい俳句や短歌、文章の礎を築いたのである。

子規はこれらの業績と成果に満足し、大望が果たされつつあると考えていたと思われる。その記述が「病牀六尺」の「三十七」（六月十八日）にある。

（略）何事によらず革命又は改良といふ事は必ず新たに世の中に出て來た青年の仕事であつて、從來世の中に立つて居つた所の老人が中途で說を飜した爲に革命又は改良が行はれたといふ事は殆んど其の例がない。若し今日の和歌界を改良せんとならばそれは勿論青年歌人の成す可き事であつて老歌人の爲し得らるゝ事ではない。（略）

物事の改革・革新には、青年の力が重要であることを指摘している。このように書けるのは、文学の革新の取り組みが、高浜虚子や長塚節など多くの仲間や弟子たちによって大きく広がり、引き継がれていることを確信できたからではないだろうか。病で諦めかけていた大望が、実を結びつつあることは、子規にとって何よりの喜びであったに違いない。しかし、その喜びと引き換えに、病状は悪化し、これまでのように先頭に立って取り組みを進めることは難しくなってきたようである。前述の「病牀六尺」を書いた二か月ほど前の「病牀苦語」の中で

此頃は痛さで身動きも出來ず煩悶の餘り精神も常に穩やかならんので、毎日二三服の痲

痺劑を飲んで、それでやう〳〵暫時の痲痺的愉快を取つて居るやうな次第である。考へ事などは少しも出來ず、新聞をよんでも頭腦が亂れて來るといふ始末で、書くことは勿論しやべることさへ順序が立たんのである。（略）

と書いている。モルヒネを飲むとしばらくは痛みから解放されたものの、論理的な思考を続けることに困難さを感じるようになっていたのだ。これまで病臥の状態でも、考えたことをすぐに文章にできる明晰な子規だったからこそ、続けてこられた文学革新への営みであった。考えたことを文章に書くこと、さらにそれが新聞に掲載されることが、病臥の子規にとって生きていく励みにもなっていた。それが病気の進行によってできなくなっていくことは、耐え難いことだっただろう。その苦しい状況の中で、子規は、絵を描くことを始めている。亡くなる三か月前の明治三十五年六月頃からである。『果物帖』に始まり『草花帖』、『玩具帖』と猛烈な勢いで次々と描いている。「病牀六尺」を読むと、子規の絵に対する気持ちがよくわかる。

「病牀六尺」八月六日（八十六）には、「此ごろはモルヒネを飲んでから寫生をやるのが何よりの樂みとなつて居る。」と書き始め、その横に圏点をつけている。圏点というのは、文章中の特に重要な場所の文字の傍につけられた「。」や「、」などの印のことである。「寫生をやるのが何よりの樂みとなつて居る」という表現だけでは足りなくて、圏点までつけ

て強調しているのである。その続きには、

忘れ草（萱草に非ず）といふ花を寫生した。（略）それをいきなり畫いたところが、大々失敗をやらかして頻りに紙の破れ盡す迄もと磨り消したがそれでも追付かぬ。甚だ氣合くそがわるくて堪らんので、また石竹を一輪畫いた。これも餘り善い成績ではなかつた。

とある。それでも、その文章の最後には、「兎角こんなこととして草花帖が段々に畫き塞がれて行くのがうれしい。」とまとめている。失敗したり、うまく描けなくても、絵を描き続け、『草花帖』がいっぱいになっていくことが嬉しいと言い切っているのである。

その後も、八月七日（八十七）には、「草花の一枝を枕元に置いて、それを正直に寫生して居ると、造化の祕密が段々分つて來るやうな氣がする」とある。八月九日（八十九）には、「いろ〳〵に工夫して少しくすんだ赤とか、少し黄色味を帯びた赤とかいふものを出すのが寫生の一つの樂みである。神様が草花を染める時も矢張こんなに工夫して樂んで居るのであらうか」とある。絵を描くことがいかに楽しかったかが伝わってくる率直な文章がいくつも並んでいる。なぜ、病苦で考えることも困難になった子規が、これほど楽しんで絵を描き続けることができたのだろうか。

これまで、子規は、なぜ草花の絵を描いたのかについて、考えてきたことをまとめてみると、子規にとって、草花を描くことはその命を写すことであり、子規自身の命を写し感じ取ることでもある。絵を描いていると、小さな草花と同じ命を持ち、今この世界に存在していること、つまり今日を生きているという喜びを実感することができるからだと考えた。このことは絵を描き続けることができる根本的な理由であったと思っている。ただ、子規の病状では描くこと自体、大変な作業でありながらそれでも楽しいと言い切れるのは、どうしてだろうか。子規にとって楽しいとはどういう意味をもっているのだろうか。

私は、十年ほど、墨彩画を習っていた。はじめた頃は、描くことが楽しかった。少しずつ描けるようになっていくのも嬉しかった。それが、もっと上手になりたい、自分の絵を人に見てもらいたいという気持ちが強くなるにつれ、どう描けば上手く見えるかと他者の目や評価を意識し始めた。その頃から描くことが楽しくなくなり、絵を描くのをやめてしまった。その私が、癌の手術を終え退院してから、再び絵を描き始めた。術創の痛みが強く鎮痛剤は手放せず、術部以外の体の不調もあり、臥すことが多かった。病気のことが頭から離れず、不安ばかりが大きくなっていた。そんな時何気なくベランダの雲間草の鉢を見て、写生を始めた。気が付くと時間を忘れるほど集中していた。描き終わった時には、心がすっきりとして満足感があった。絵を描くことが久しぶりに楽しいと思えた。それ以降、毎日のように絵を描いている。失敗や下手だなあと思うことばかりだが、それも楽しい。ただ、描きたいから描いていた。写生なので、抽象画のような自分の内面やイメージなどを表現するものではない。頭や心を働かせるというより、ひたすら目の前の対象を目と手を使って写していくだけである。しかし、描いている間は、病気のことや不安を忘れることができた。ひと時だが、忘れられる時間を持つことで、不安が小さくなり、心がすこし楽になった。何もできずに過ぎた一日ではなく、絵を描いたという充足感もあった。そして、明日も描こう、描きたいと思えた。絵を描くことが、楽しいと思えたことが何より嬉しかった。

子規が絵を描くのを楽しいといったのは、同じような気持ちだったのではないかと思った。子規は、並外れた思考力と表現力を持ち、多くの文章を書いてきたが、病気はその生き甲斐ともいえる書くことも奪おうとしていた。生きる気力さえ奪おうとする病苦の中にあって、枕辺にあった果物や草花を写生してみると夢中になって描いている自分がいた。もっと描きたいと思った。楽しいから明日も描こうと思えた。もちろん病苦がなくなるわけではない。しかし、ひと時でも病苦をこえる程の楽しいことが、まだ自分にあった。拷問のような苦しさに叫ぶしかなかった子規に楽しいと思えることが、書くこと以外に残っていたのだ。それは、傍らの草花を描くことだった。その楽しさを知った子規は、絵を描くためなら、激痛も耐えられる、耐えようと思えたのだろう。生きて、描きたいと思ったのだ。子規にとって、楽しいというのは、病気の自分が楽しいと思えることなのだと思う。

子規は、子どもの頃、絵を描くことが好きだった。習うことはできなかったが、自分なりに模写などをしたりして絵を楽しんでいた。画家に憧れていたようだったが、生活のことを考えて諦めたようだ。その後は、亡くなるまで俳句や短歌、写生文等文学の革新に関わり多大な才能を発揮し続けた。そして、最晩年の子規は、再び絵を描く楽しさに出合った。ただ絵を描くことが好きだった子どもの頃のように自由に描くことを楽しんでいたのだろう。私は、子規の病苦ばかりに心を奪われていたが、今は、病気と共に子規は、最期まで絵を描くことを楽しんで生きていたのだと思える。その証のような『草花帖』に出合えたことが、本当に嬉しい。子規のようにこれからも失敗や思うように描けないこともすべて楽しんで描いていきたいと思う。

私も、病気と共に、最期まで楽しんで生きていきたい。

わすれぐさ

跋

藤木こずえさんは、私の編集する短歌誌「縄葛《つなね》」の同人です。臨床心理士、特別支援教育士として働いておられましたが、昨年肺腺癌の手術を受けて現在は休業中です。

数年前、新アララギの全国大会に先立って、有志の方が根岸の子規庵で開いた歌会に参加したことを彼女に話したことがあります。大変興味を持たれた様子で、次の上京の機会に、子規庵を訪れ、墓にも詣でてきたと言われました。ご主人の郷里の愛媛県へ帰省される際は、松山市にある子規記念博物館を訪れておられたようで、その後も再三再四足を運ばれました。そのような子規への関心を知ったある日、彼女が絵を習っていることを聞きました。歌会の席で披露される植物への関心と豊富な知識に目を見張るものがありましたが、長年墨彩画を学んでおられると知って納得がいきました。子規の絵について何か書くように提言したところ早速書き始めて「縄葛」に次々発表したのが本稿です。

講談社と改造社の全集を買い求め、自己流に年譜を作製し、参考書を読み漁って、考察を加えながら理解を深めてゆかれました。模写は「草花帖」の花々にはじまり、子規の自画像にまで及びました。何故それほどまで子規に魅せられたのでしょうか。

臨床心理士として、人間子規への関心興味もあるのでしょうが、それだけではないように思います。ご自身が病気がちな上に、癌を病まれたこと、お姉さまの自宅療養での末期の口腔癌の苦しみを具に見られたことなどから、子規の骨をむしばむ脊椎カリエスの痛苦に同情し、その状況のもとで絵を描いたことへの驚嘆に始まって子規にとって描くと言う行為はどういう意味を持ったのだろうかということへの関心を契機として考察を深めていかれたようです。子規の絵に魅せられたこともあるのでしょう。評価は、絵を描く人ならではの鑑賞眼によるものです。ある年齢まで払拭できなかったという、彼女自身の生い立ちからくる心の屈折、劣等感などにひびき合うものを子規に発見されたことなども知るものです。

子規についてまだ書き足らないようすですが、今後に待つとして、この辺で書き溜めたものを一冊にまとめて一区切りとすることを勧めました。

子規については厖大な研究書、評論、その他のあるなかで、彼女のささやかな一冊がどのように読まれるのかはわかりませんが、よき読者を得られることを願って筆を置きます。

令和三年七月一日

間鍋　三和子

あとがき

この本は、子規について短歌会雑誌「縄葛」に書かせていただいたものを中心にまとめた雑記です。

私が正岡子規に興味を抱いたのは、子規が最期の時期に描いた『草花帖』を見てからです。そこに描かれた草花の絵の穏やかさ、暖かさ、そして、何よりそのひたむきさに心惹かれました。画家でもなく、病苦で泣き叫びたいほどの状況にもかかわらず、なぜ描き続けたのか、その子規の心を知りたいと思ったのが始まりでした。そして、子規の絵について知るにつれ、しだいに子規はどのように三十五年の人生を生きたのか、子規自身を知りたいと思うようにもなりました。子規の著作や関連する書物を読み進むにつれて、子規の生き方にどんどん引き込まれていきました。その私の様子を見て、「縄葛」の主宰である間鍋三和子先生が、子規の絵について書いてみたらどうかと声をかけてくださいました。子規が好きなだけなのにと躊躇しましたが、浅学を顧みず書かせていただくことにしました。自分の興味の赴くままに書いてきて、一貫性のないものですが、子規を考えながら、自分自身について振り返る良い機会にもなりました。

今日、間鍋先生から、書き溜めたものを一冊にまとめてみてはどうかと勧めていただき、子規について書きたいことがまだあるこの時期に、一つの区切りとして上梓することにしました。

間鍋先生には、子規に関して書く機会を与えてくださり、書いたものについても多くのご教示をいただきました。本の出版についても多くの助言と励ましをいただきました。そのうえ、お忙しい中、身に余る跋文を賜りましたこと、感謝申し上げます。

また、出版を快くお引き受け下さいました青磁社の永田淳様に心よりお礼申し上げます。

令和三年九月

藤木　こずえ

正岡子規の描きし三枚の自画像の眼それぞれ悲しみたたふ
素描せし子規の自画像の色塗らぬ白き瞳の奥の静寂

引用文献

＊子規の著作については、主に講談社版子規全集より引用しています。
その他については、順に書いています。

《Ⅰ　子規の絵》

①『子規の絵』　松山市立子規記念博物館　一九八一年
②『花こそわが命』　三岸節子　求龍堂　一九九六年
③『核の大火と「人間」の声』　大江健三郎　岩波書店　一九八二年
『正岡子規　創造の共同性』　坪内稔典　リブロポート　一九九一年
『正岡子規の〈楽しむ力〉』　坪内稔典　ＮＨＫ出版　二〇〇九年
④『正岡子規　創造の共同性』　坪内稔典　リブロポート　一九九一年
⑤『文芸読本　正岡子規』　河出書房新社　一九八二年
『八十八』　中川一政　講談社　一九八〇年
⑦『随攷子規居士』　寒川鼠骨《そこつ》　一橋書房　一九五二年
⑨「國文学・特集正岡子規」　学灯舎　二〇〇四年

⑩『西洋美術史入門』　池上英洋　筑摩書房　二〇一二年
⑪『漱石・子規往復書簡集』　和田茂樹　岩波文庫　二〇〇二年
「漱石と子規」　新宿区立新宿歴史博物館　二〇一七年
⑬「人間と医療」第四号　九州医学哲学・倫理学会　二〇一四年

《Ⅱ　子規をめぐる人々》

①『正岡子規の〈楽しむ力〉』　坪内稔典　NHK出版　二〇〇九年
『長い道』　宮崎かづゑ　みすず書房　二〇一二年
⑤『兄いもうと』　鳥越碧　講談社　二〇一四年
⑨『子規はずっとここにいる』　さいとうなおこ　北冬社　二〇一七年
⑩『ひとびとの跫音』　司馬遼太郎　中央公論新社　二〇〇九年
⑪『漱石・子規往復書簡集』　和田茂樹　岩波文庫　二〇〇二年
⑫『友人子規』　柳原極堂　青葉図書　一九八一年

《Ⅲ　子規と漱石》

① 『胃弱・癇癪・夏目漱石』　山崎光夫　講談社　二〇一八年
②③④ 『漱石・子規往復書簡集』　和田茂樹　岩波書店　二〇〇二年
⑤ 『百艸』　芥川龍之介　新潮社　一九二四年
『正岡子規』　ドナルド・キーン　新潮社　二〇一二年

《Ⅳ　子規つれづれ》

② 『左千夫全集』第五巻　岩波書店　一九七七年
『子規を語る』　河東碧梧桐　岩波書店　二〇〇二年
『青年へ　大江健三郎同時代論集』　岩波書店　一九八一年
③ 「虚子記念文学館報」第三十四号　二〇一七年
『正岡子規　創造の共同性』　坪内稔典　リブロポート　一九九一年
④ 『子規の宇宙』　長谷川櫂　角川学芸出版　二〇一〇年
「正岡子規展　病牀六尺の宇宙」　県立神奈川近代文学館　二〇一七年
『分裂病の症状論』　安永浩　金剛出版　一九八七年
⑤ 『子規と漱石と私』　高濱虚子　永田書房　一九八三年

『青年へ　大江健三郎同時代論集』　岩波書店　一九八一年
⑥『中野重治全集第十六巻』　筑摩書房　一九七七年
『青年へ　大江健三郎同時代論集』　岩波書店　一九八一年
『司馬遼太郎が語る日本』　朝日新聞社　一九九六年
⑧『子規　もうひとつの顔』　日下徳一　朝日新聞社　二〇〇七年
『以下、無用のことながら』　司馬遼太郎　文藝春秋　二〇〇一年

著者略歴

藤木こずえ（ふじき こずえ）

1953 年　大阪市に生まれる
2005 年 「縄葛」短歌会入会
現在に至る

現住所　534-0016 大阪市都島区友渕町 1-7-1-405

子規の絵

初版発行日　二〇二一年十月二十六日

著　者　藤木こずえ

定　価　二二〇〇円

発行者　永田　淳

発行所　青磁社

京都市北区上賀茂豊田町四〇―一（〒六〇三―八〇四五）

電話　〇七五―七〇五―二八三八

振替　〇〇九四〇―二―一二四二二四

http://seijisya.com

装　幀　濱崎実幸

カバー絵・本文挿画　著者

印刷・製本　創栄図書印刷

ISBN978-4-86198-516-4 C0095 ¥2200E